文脉幽幽追苍穹,匠心独析睡仙梦。笔下生风天岸马,丹青续写人中龙。

题词者简介

连俊义少将，曾任解放军报社副总编、高级编辑，中国新闻工作者协会理事，中国报业协会书记处书记，中国画报协会副会长。现为中国书协会员。

陈抟画传

王殿举 著·绘

广西师范大学出版社
·桂林·

陈抟画传
CHEN TUAN HUAZHUAN

图书在版编目（CIP）数据

陈抟画传 / 王殿举著、绘. --桂林：广西师范大学出版社，2023.1
ISBN 978-7-5598-5484-1

Ⅰ. ①陈… Ⅱ. ①王… Ⅲ. ①传记小说－中国－当代 Ⅳ. ①I247.5

中国版本图书馆 CIP 数据核字（2022）第 184455 号

广西师范大学出版社出版发行
（广西桂林市五里店路 9 号　邮政编码：541004）
　网址：http://www.bbtpress.com
出版人：黄轩庄
全国新华书店经销
广西广大印务有限责任公司印刷
（桂林市临桂区秧塘工业园西城大道北侧广西师范大学出版社集团有限公司创意产业园内　邮政编码：541199）
开本：880 mm × 1 240 mm　1/32
印张：11.75　　字数：216 千
2023 年 1 月第 1 版　　2023 年 1 月第 1 次印刷
定价：68.00 元

如发现印装质量问题，影响阅读，请与出版社发行部门联系调换。

序

饱蘸乡情颂乡贤

董延喜

豫东平原的古老涡河，在几千年的流淌中孕育了鹿邑灿烂的文化。中国道家学派创始人、伟大思想家老子，唐末宋初高道陈抟，就出生在这条人文长河的岸边。老子和陈抟是鹿邑的两位伟大乡贤，每个鹿邑人都为拥有老子和陈抟这两位伟大乡贤而骄傲、而自豪。

然而，文化自觉和文化自信不仅仅是欣喜于古老文化的拥有，更是要把这跨越时空、富有永恒魅力的文化精神弘扬起来和传播出去。王殿举就是这样一位有着强烈文化担当的当代文人。

有人说，如果一个人终其一生只专注一件事，终有一天，他会获得连自己都吃惊的成就。今年87岁的王殿举就是一位饱蘸真情写乡贤，写了老子写陈抟的作家、画家、诗人和史志学家。他用一生的心血去写老子、画老子，写陈抟、画陈抟。他像使用放大镜一样，把自己的能量聚焦于一点，于

春秋时期的哲学家李耳先生

是产生了极高的温度，在点燃自己的同时也照亮着他人。

我认识王殿举的画先于认识他的人。记得是2018年农历三月初三，鹿邑举办第二届"仙台论道"，邀我去做主旨演讲，明道宫管委主任王红梅送给我一套由王殿举先生编绘的"画说老子"丛书，其中有《老子百年人生路》《诗词书画说老子》《丹青故事说老子》等一共八部专著。光是其中的一千多幅老子画和多首诗词，就令我无比震撼。那时我就想，有机会一定结识一下这位王殿举先生。

2020年11月9日，在鹿邑老子学院9号楼，在王红梅主任的安排下，我终于见到了专程从郑州赶回鹿邑的我渴慕已久的王殿举先生。坐在我对面的这位老者，声如赤子，一派天真。从他的精神面貌能洞见他内心的清明和恬淡，静如止水，寂如太虚。他向我描述心中的"大道艺术馆"。他想把他的心血之作——一千多幅老子画在这个艺术馆里长期展出，他想在这个艺术馆里完成并展出他的"百年老子系列雕塑""睡仙陈抟系列画"……他津津乐道，头头是道，娓娓道来，描述着他的一个"弘道梦"。他的这个梦如果实现，将是鹿邑文化产业的又一个大型文创项目，将成为一个独一无二的用艺术再现东方道都风采的大型景观园林集群。他言谈中对老子文化、陈抟文化的自然流露，听得我十分激动，也禁不住为这个文创园的建设提出一些创意。

同道相见，分外亲切。两个道童，一个杖朝，一个古稀，相互认同，相互补充，兴奋得时而会心微笑，时而合掌大笑。王老先生大我15岁，我称他前辈，他说啥也不认，非要与我以兄弟相称。我们心灵相通，至交忘年，道者同于道，乐于道，我也不再拘泥，欣然认下这位道兄。

殿举兄又名无无斋主。1935年10月出生于老子故里河南省周口市鹿邑县，现为中国老子书画院院长，东方艺术研究院客座教授。他曾在北京等地的群众艺术团体和老子研究机构任职。他是一位治学严谨的史志学家，曾主编新中国成立之后第一部《鹿邑县志》，达120万字。退休后一直从事老子文化、陈抟文化的研究，出版了《老子》一书，写出有关老子的诗词、散文、论文等，共计70万言。他的长达120米的国画长卷《老子画传》，于钓鱼台国宾馆首展后，在世界各国巡展。他的山水画作曾被央视七套、国家乡村振兴局、国家博物馆和河南省委办公厅收藏悬挂。

就在那次会面时，殿举兄向我透露了他创作《陈抟画传》的想法。没想到仅仅几个月的时间，他就完成了《陈抟画传》的写作和一百多幅系列国画的创作。2021年5月9日，我收到殿举兄发过来的书稿，他嘱我为此书作序。殿举兄说，在他有生之年能为鹿邑第二大先贤作传，是他终生之幸！他愿用尽心血，创作出吻合历史、符合陈抟生平、合乎人情世理的作品来。殿举兄用书稿展示了他的创作理念：大事不虚，小事不拘。大事源于信史，避开神话传说中违背历史的信口开河。每件大事和事中人物都有史可查。在这本章回体的《陈抟画传》中，一位有血有肉、情真意切、光华四射的先贤圣者被揭开神秘面纱，从史实中向我们走来。

从《陈抟画传》中我们了解到，陈抟，字图南，自号扶摇子。陈抟是我国唐末宋初著名高道，是一位令人肃然起敬的睡仙和奇人。陈抟生于唐懿宗咸通十二年（871年），卒于宋太宗端拱二年（989年），他活了118岁。《宋史》记载：陈抟，亳州真源人（鹿邑古称真源县，隋唐宋三代时隶属亳州府，陈抟出生地为鹿邑县太清宫镇陈竹园村）。高道陈抟学识渊博，在道学、易学、内丹、养生和书法、诗词等领域均有着十分突出的贡献。他曾先后受到周世宗柴荣、宋太祖赵匡胤和宋太宗赵光义求教和召见，并先后被赐号"白云先生""希夷先生"。他还被后人尊为"陈抟老祖""睡仙陈抟"和"希夷祖师"。陈抟的文才武功、诗词歌赋、琴棋书画、医卜星相、算数韬略，皆为绝顶。

从《陈抟画传》中我们知道，高道陈抟不仅是一位道学大家，而且是一位易学大家。陈抟老祖与道祖老子是同乡，出生地仅相距三里。他对老子的传世名著《道德经》和庄子的《南华经》有着十分深入的研究。陈抟的名、字、号均取自《道德经》和《南华经》。陈抟名字中的"抟"字，出自老子《道德经》第十章"抟气致柔，能婴儿乎"。其自号"扶摇子"中的"扶摇"二字来自《庄子·逍遥游》："抟扶摇而上者九万里。"陈抟的字图南，亦源自《庄子·逍遥游》："背负青天……而后乃今将图南。""图南"谓之南飞，后人以"图南"比喻人的志向远大。宋太宗赐号"希夷先生"，则源自老子《道德经》第十四章："视之不见，名曰夷；听之不闻，名曰希。""希夷"二字，表明陈抟学识渊博。高道陈抟是一位当之无愧的中国太极文化的创始人，对宋代理学的形成有很大影响。他的先天易学，是宋代"新易学"始祖，他把道儒佛三家之学融合在一起，三学互补，融会贯通，形成中国古代完整的哲学体系。陈抟开创性地绘制出历史上只有文字记载，而无图形的河图洛书、太极图、先天方圆图、八卦生变图等一系列《易》图，并独创出《太极阴阳说》《正易心法》《观空篇》《心相篇》《指玄篇》《人伦风鉴》等专著20余部。其思想理论深深影响了后世的程朱理学，被誉为宋代理学乃至阳明心学的思想源头。

从《陈抟画传》中我们知道，高道陈抟不仅是一位丹道大家，而且是一位预测大家。陈抟的内丹理论对宋元内丹术兴起具有很大贡献，其睡功更是闻名于世。陈抟独创的"陈希夷胎息诀""陈抟蛰龙秘诀""陈抟睡功秘诀""陈抟二十四式坐功"等均成为丹道家的独特功法。其睡功秘诀和118岁的高寿，被后世誉为世界最早的睡眠养生专家。陈抟睡功是于内丹修炼过程中进入一种深度静定的状态。因此，他的所谓睡并非真睡，而是一种修行的状态。陈抟实在是中国内丹史上第一个把注意力集中于睡梦的人，他的所谓睡功可以理解为将庄子等先秦道家、哲学家阐扬的"梦"的哲学予以实践化，并力图通过这一办法开拓出一条坦荡的证道之途。

从《陈抟画传》中我们知道，高道陈抟不仅是一位文章大家，而且是一位诗词书画大家。他一生著述颇丰。所著《指玄篇》八十一章，罗缕道妙，包括至真。其言简而理深，使观者有所自得。他一生作诗600余首，有《三峰寓言》《高阳集》《钓潭集》等诗集。他的诗文境界高迈，迥脱尘寰，绝少烟火浊气。流传最广的是《爱睡歌》《退官歌》《糊涂歌》等。他的画作刚劲挺然，有雷霆万钧之势，笔撼五岳之气。他的书法苍古洒脱，自成法度，其作品"开张天岸马，奇逸人中龙"，被称为传世神品。

从《陈抟画传》中我们知道，高道陈抟还是一位对联大家，鹿邑升仙台山门的"一片碧波飞白鹭，半空紫气下青牛"，就是陈抟所作。高道陈抟还是一位象棋大家，陈抟老祖与宋太祖赵匡胤下棋"五步定华山"的故事流传至今。高道陈抟懂酒、爱酒、惜酒、酿酒，还是一位酒中仙。对于修道者来说，酒是精神上性灵的甘泉。爱酒的人爱的是一种潇洒自如、超然物外的自在。陈抟故乡鹿邑，是我国有名的酒乡。陈抟不仅爱饮酒，而且精通酿酒。与此同时，他还是一位方圆百里的名医……

我与殿举兄一居郑州，一居周口，非亲非故，从彼此相识到互为知音，只是结缘于同为老子和陈抟的粉丝。有人说，名字对于一个人有着潜移默化的运筹力。如果是这样，王殿举三个字与他的事业相连，便有了一种全新的含义。"王"乃王者情怀，任何一个领域的佼佼者，都是具有王者情怀之人；"殿"乃艺术殿堂，此人注定将在艺术的殿堂里耕耘一生；"举"乃伟大创举，《画说老子》和《陈抟画传》都是他所完成的创举。在绘画上，他既不跟风，也不媚俗，执着于自己的追求，痴迷于乡贤文化的使命担当，几十年如一日初心不改，方才达到常人所无法到达之境。

画可画，非常画。要画出文化先贤的精神风貌，必须进入文化先贤的精神世界。殿举兄在长期的大道文化研究中与乡贤连根，与经典同行。在大道文化之中找到了一条通往大美之路，形成了独一无二的大道画风。作为画家，他的作品本道根真，师法自然，超凡绝俗，以天合天，行云流水，妙手天成。殿举兄在继承传统水墨技法和笔墨语言的基础上，执着探索，勇于创新，把雕塑、油画、书法的技法融入中国画，把五彩世界融入水墨天地，把立体的三维景象"化"入平面的二维空间，从而拓展出中国水墨人物画的新境界。细看《陈抟画传》的系列画作，他的作品外师造化，中得心源，无法而法，大美不言。这些作品不仅挣脱了传统笔墨的束缚，而且把西方写实与东方意象融合在一起，那一幅幅栩栩如生的画作有着蓬勃的生命形态，磅礴的画风带给人强烈的震撼，相信一定可以在时间的星空上熠熠生辉。

"所贵者感，所画者魂。"这是殿举兄60多年丹青生涯所凝练出来的肺腑之言。"感"是真情实感之感，真者，精诚之至也。不精不诚，不能动人。艺术本身就是疯狂的情感事业。"魂"乃灵魂跃动之魂，创意来自艺术家心灵圣火的迸发。人类的伟大与高贵，完全在于精神世界。老子和陈抟都是不可多得的精神贵族。中国有老子和陈抟，是中国人的大幸。殿举兄从少年痴迷到梦终能成，从出入中西到融通古今，从神驰八极到心游大荒，最终形成了自己独具一格的画风画品。《陈抟画传》用画作和文章双重载体展现陈抟传奇的一生，殿举兄以道展艺，以艺弘道，把一腔真情融入书中、画中，是一位当之无愧的当代行道人、布道人、传道人！

董延喜，河南广播电视总台周口、商丘、三门峡记者站原站长。现任世界老子学会执行会长，全国多所老子学院特聘教授。著有《〈道德经〉传家版》（2017年版）。

自序

陈抟，字图南，号扶摇子，周世宗赐号白云先生，宋太宗赐号希夷先生，世称睡仙陈抟老祖。生于唐末，卒于宋初，享年118岁。历经七朝十国，战事连年，腥风血雨，尸骨遍地，赤地千里，人饥相食。陈抟为治国安邦，拯救烝民而立志图南，扶摇上进。他聪慧绝伦，遍览百家，融道释儒为一体，解老研易，著有《指玄篇》等20余部作品，为研易学老指路，为宋代理学奠基。他为著述而练蛰伏睡功，为著作而炼养生内丹。他的诗词歌赋独步一代，楹联书画名重千秋！他透析沧桑，不信神鬼，

陈抟像

心系百姓，蔑视权贵。他有治国安邦之韬略，经天纬地之巨擘！四代圣主召聘，八方仙道师从！他四辞朝命，三帝为师！寿终正寝之后，宋太宗斥资在亳州真源（今河南省鹿邑县）太清官陈竹园村陈抟故里建祠祭祀。如此殊荣空前绝后！笔者在耄耋之年，垂暮之秋，有幸为先贤至圣作传，实三生有幸。特赋诗开篇，碎言为序。

生逢乱世历凄风，日月无光乱五行。
一世寡言爱静笃，百家遍览集思丰。
为民坚定图南志，济世甘存居下情。
黄帝内经常备览，文王周易早精通。
隐山修炼初悟道，武当蛰伏卓有成。
云绕华山鼾睡里，雪压宫阙虚无中。
四辞召命遵天道，五谒诸王为太平。
书赞开张天岸马，心歌奇逸人中龙。
等身巨著光寰宇，墨宝碑碣藏古风。

目录

第 一 回	稚子寡言却聪慧	通玄解奥胜长兄	001
第 二 回	贵恨绝学难禁子	决心求知窗外听	007
第 三 回	超凡感动收高徒	陈德觉悟送蒙童	015
第 四 回	解疑释难明大义	求爱寻情识英贤	023
第 五 回	护城真源结秦晋	陈杨两姓一家亲	031
第 六 回	陈抟习武太清宫	寒春觅情陈竹园	037
第 七 回	七贼行凶曲仁里	陈抟寻仇鹿邑城	043
第 八 回	陈抟通衢遇二友	六义雪原战五贼	053
第 九 回	千里雪地覆白骨	真源圣域飘酒香	060
第 十 回	张禄抢人曲仁里	陈抟智斗凶险贼	067
第十一回	素莲巧探儿心意	情侣终成偕首缘	077
第十二回	新春情人行婚礼	元宵佳节失娇儿	086
第十三回	英雄悔恨失教子	陈抟以德感祖孙	097

105	第十四回	嗣源聆教师陈抟	凌霄赠诗恋睡仙
114	第十五回	陈抟深夜离险地	凌霄相随出牢笼
121	第十六回	亲人突遭杀身祸	凌霄巧计除恶魔
130	第十七回	情结陈抟远一华	心系陈炅遇睡仙
141	第十八回	英雄午夜捉张禄	嗣源奉命寻凌霄
147	第十九回	为成帝业谒陈抟	思念前情寻故人
156	第廿十回	陈抟悲痛思一华	凌霄深情惜情君
166	第廿一回	考场名落孙山外	归途遇亲杨寨中
178	第廿二回	行凶贼人被贼害	相送亲眷逢亲人
187	第廿三回	明宗念旧召陈抟	凌霄做媒说大难
195	第廿四回	英杰杀贼崔苻泽	骚人吟哦牡丹园
203	第廿五回	凶手谎言骗冯道	陈抟吟诗辞圣君
213	第廿六回	绝缘仕途归大道	畅游岱岳遇真人

第廿七回	凌霄巧言脱险境	君仿真诚指前程	225
第廿八回	徒步行医觅圣地	沿途览胜叹先贤	232
第廿九回	关心国事同民情	著书立说惠苍生	245
第卅十回	陈抟麻衣论国事	为增道业去华山	258
第卅一回	陈抟施恩赵匡胤	群仙诗酒醉博台	272
第卅二回	世宗下召聘陈抟	匡胤感恩拜睡仙	284
第卅三回	匡胤细说世宗意	陈抟挥毫献国策	295
第卅四回	骑驴授课说玄理	文武兼施警世顽	306
第卅五回	太宗五次召陈抟	睡仙四字授太宗	315
第卅六回	五世同堂天伦乐	百岁寿星世称神	332

后记（一）：关于睡仙陈抟的神话传说　　344

后记（二）　　349

陈抟画传

第一回

稚子寡言却聪慧
通玄解奥胜长兄

　　李唐王朝经历了贞观、开元天宝两个鼎盛时期，逐渐迈入了衰败残局。唐懿宗穷奢极欲，昏庸无能，致使宦官执政，朝臣争权，藩镇割据，战事频仍，赋税徭役加重，百姓无以承受，揭竿起义，相继不停。公元860年，浙东爆发了裘甫领导的农民起义。八年后，桂林爆发了以庞勋为首的戍卒起义。两次起义虽被镇压，百姓的反抗情绪却在日益增长，更大规模的黄巢起义正在酝酿之中。唐懿宗咸通十二年（871年）正月初五，在真源（今河南鹿邑）县的曲仁里（今太清宫镇）陈竹园村一个诗书传家的农家小院，农妇李素莲生下一个肉球。丈夫陈德和接生婆看着肉球惊愕万状，不知所措。这时，大门外走来邻居陈二嫂，后跟太清宫住持肃静道姑。二位是素莲的挚友，看到这极其罕见的胎儿,陈二嫂顺手抄起剪刀,小心翼翼地剪开肉球,一个白胖大眼的婴儿呈现在人们的视野中,顿时幸福欢快的气氛充盈满屋。

陈德见陈二嫂抱起孩子,说:"请道长和二嫂为这孩子起个名字吧!"陈二嫂说:"肉团,叫陈肉团,咋样?"道长沉吟一会儿说:"吾观此子虽为婴儿,却有英气。天庭宽阔,敷聪颖之象,长大成人,从文可为卿相,从武可为王侯,从道可为一代宗师。老子曾言'抟气致柔,能婴儿乎',庄子说'抟扶摇而上者九万里',贫道以为,以'抟'字命名为佳。"陈二嫂深有大悟,说:"带个肉字太俗,我赞成道长的意见,叫陈团!"陈德说:"不是陈团,是陈抟。"陈二嫂说:"一样的,咱们的意思一样的。"大家会心地笑了。陈德说:"道长起名陈抟,与他哥陈搏同用手字为旁,很好!看来我们父子三人要以手营生,共创未来了。至于'扶摇'直上,我未敢设想。"道长说:"贫道认为这孩子绝对不会成为能工巧匠,他必定成为金翅大鹏,不为卿相,也是名医!"陈德说:"道长抬爱,穷家僻壤,能养活成人也就求之不得了。"陈二嫂说:"我相信道长的话,不当大象,也是个大虫!"大家又笑起来。

小陈抟的到来,给全家带来无限乐趣,陈抟的哭闹甚至是拉撒,大人们也感到有乐可喜。

时间长了,喜气消了,厌气来了。大人们发现四岁的陈抟不爱说话,和同龄的柱子相比好像一个"木讷僧"。

陈抟降生增喜气

父母担心他是个呆子。

母亲在农闲时常领着两个孩子到太清宫听道长讲《道德经》，陈抟虽然少言寡语，可听道长讲道十分认真。每次听完讲道之后，他都要向母亲讨教他不理解的地方，并要母亲教他背《道德经》。母亲李素莲虽不是大家闺秀，却出身于书香门第，礼仪之家。她幼年时也曾跟着哥哥在塾馆念过书，不但会背"四书"，还会背《诗经》和《道德经》。她每天都抽出时间教两个孩子背《诗经》和《道德经》。陈抟过目不忘，一月之后把《道德经》背得滚瓜烂熟，并常和哥哥陈搏偷偷探究其中的内涵，说出的话，道理十足。陈搏说："道长说不推崇贤人，老百姓就不会去争。我有些想不通，贤德的人能忍能容，是不和人争的。尊重他们，推崇他们，才能使人不争。怎么是'不尚贤，使民不争'呢？"

陈抟说："道长的话你没有听完。他说，贤字的原意是表示制服敌人、能割奴隶耳朵的能力。推崇这样的人，让人学他们这种无德残暴的行为，相互争斗，天下就不太平了。"陈搏迷雾顿开，以惊讶的眼神笑看陈抟。陈抟又说："咱娘说这是字形的变化而产生字义的变化。起初贤字头是指用手割耳朵的样子，表示能制服敌人。后来加贝字，表示有钱也是本领。数百年后，贤字的含义扩大了，以有德又有才方是贤人！"陈搏吃惊了，陈抟的话他有些听不懂了。

陈母李素莲系老子后裔，与后宫仙姑友善，常带陈抟陈姑到后宫听仙姑讲道活经。

听道长讲道

陈抟与兄长论道

赍恨绝学难禁子
决心求知窗外听

陈抟和柱子同龄，都六岁了。一天，柱子找陈抟，要陈抟和他一块到曲仁里上学。陈抟去找娘商量，娘一听他要上学，双眼流泪说："咱不上学，长大跟你爹学木匠活！"陈抟哭着要娘答应他。娘哭得更痛了。

陈抟祖上以诗书传家，以耕读为立家之本。为什么今天一改根本，不让孩子上学呢？原来，陈抟的祖父陈亮是丞相斐度的中书舍人，生性耿直，直言不讳，宦官视他为斐度爪牙，百方寻机陷害他。陈亮为避凶险，返回原籍真源，受真源令的聘请，常出入县衙，参议县内事务。不久被宦官掌管的北司神策军发觉，以破坏削藩罪入狱。正在刻苦求学以待科举应试的儿子陈德，放弃学业，卖掉土地房产，营救父亲。父亲出狱后，要求儿子绝缘仕途，要儿

陈抟要上学　母亲泛愁云

陈抟祖父清正廉洁被害

子跟随同宗的叔父去学木匠活。

事隔一年,在家务农的陈亮不出村又被押入县牢,他气急攻心,当天死于牢中。在远亲近邻的痛哭声中,陈德葬埋了父亲。

陈德弃学后,跟着师傅学木工手艺,因其聪慧好学,有书画的功底,很快成为木雕能手,一年四季为寺庙和巨商豪富制作家具。

陈德靠勤劳、好人品赢得了乡邻的赞誉。他和知书达理的李素莲结婚之后,夫妇同心同德,克勤克俭,日子过得红红火火,虽比不上大家豪富,却也吃穿不愁。

今日陈抟要上学,李素莲就想起丈夫陈德讲述的公公陈亮惨死的悲剧。她看着大儿子陈搏已十三岁,丈夫不让他上学,让他去为财主放牛;小儿子也到入学年龄,不叫他上学。一家两个瞪眼瞎!她又伤心地哭了。小陈抟看娘掉泪,就去劝娘:"娘,你别难过,我不上学了!"陈搏说:"小抟,走,咱放牛去。"

陈搏、陈抟在路上看到柱子和杠头挎着书包你跑我撵向曲仁里跑去。陈抟眼馋地跟着跑,陈搏紧随其后边赶边喊:"小抟!小抟!"

曲仁里的塾馆在隐山南麓,柱子和杠头进了学屋。陈搏赶上陈抟,拉住他说:"小抟,听娘的话,别去,免得娘生气!"陈抟说:"哥,你放牛,我不进屋,只在外面听听!"

为求学,陈抟追柱子与杠头

陈搏说不动弟弟，走了。陈抟走近窗台，听老师在为学生"号书"。老师喊："李允生！背！"李允生背："伯牛有疾，子问之，自牖执其手，曰：'亡之，命矣夫！斯人也而有斯疾也！'"老师说："好，看着书听我念。子曰：'贤哉，回也！（学念）一箪食，一瓢饮，在陋巷，人不堪其忧，（学念）回也不改其乐。（学念）贤哉，回也！（学念）'"

陈抟听老师喊："李一华，背！"一个少女尖脆的声音冲出窗户："季康子问政于孔子。孔子对曰：'政者，正也。子帅以正，孰敢不正？'"老师说："好！听念：季康子患盗，问于孔子。（学念）孔子对曰：'苟子之不欲，虽赏之不窃。（学念）'"

老师喊："陈柱，你拿的什么书呀？"柱子说："千字本。"老师说："这叫《千字文》，你每天必须念会六句，我念你学。"陈抟四岁时，其母教过他背《千字文》。他离开学屋，在灵溪池旁坐下，默背在窗外听到的"子曰"。他把今天听到的两段默背两遍后才去找放牛的哥哥。

自此之后，陈抟每天跟着柱子、杠头来窗下听念书。柱子为陈抟保密，怕惹陈母生气。杠头偷偷告诉陈母，陈母听到后说："让他学吧，有不会处，你和柱子教教他。"杠头说："都是他教俺，俺俩《千字文》没学会，他都会背《论语》《大学》《孟子》《诗经》了。"

窗外求学

杠头当天就告诉陈抟，母亲不反对他听书。陈抟胆子大了，每天趁父亲外出做木匠活，就去翻爷爷的书柜。他把听到的《论语》《孟子》《大学》《中庸》《诗经》都找出来，把默念的句子与书本内容对照着学。

第三回

超凡感动收高徒
陈抟觉悟送蒙童

有唐以来，书法被列为学生必修课程。塾馆每天上午，学生先"写仿"（写字），初学叫"描红"，老师为学生"打题"（按唐诗写范字），再套在纸下，学生按纸下透出的范字描写，一年后临帖。学生当天把大仿交给老师，老师按优劣排序，劣者居下，优者在上，第二天由上至下依次发给学生，再让学生背书、号书。这天号书已毕，学生进行写仿。屋内静了下来，窗外隐约传来雷声，屋内光线顿时暗淡。

老师走出门来，看天上的乌云，转身时发现陈抟在石上坐着低头沉思。他走到陈抟身旁，问："小孩子，你在想什么呀？"小陈抟还在默背刚听到的诗经，猛然听人问他，他红着脸站起，说："我……我没想什么。"老师说：

窗外遇老师

"我早听说你天天在窗外听念书,我没在意。好孩子,爱念书是好事,为什么不来上学呢?"陈抟说:"爹娘不让上学!"老师问:"你叫啥?哪庄的?"陈抟答:"我叫陈抟,陈竹园的。"

老师抚摸着陈抟的头说:"你爹叫陈德,你娘姓李,是吧?"陈抟惊奇地望着老师点头。老师笑着说:"好孩子,我和你娘是近门(五服外的同宗)兄妹。明天我和你爹娘商量商量,让你来上学。天快下雨了,到学屋里避避雨!"

学屋是三间破瓦房,里面放十六张不同形状的桌子,坐有十八位学生。学生有高有矮,念书从《千字文》到《诗经》,程度有深有浅。老师把陈抟安排到前排坐下。全班学生见老师领着一个小孩进屋,感到稀奇,都停止写仿,看着这个常在窗外听念书的小孩。这时,屋外下起了雨。

老师说:"陈抟,你现在听会几段啦?能背背让大家听听吗?"陈抟说:"《千字文》是娘和哥教我的,我会背。在这儿听到的也能背。"老师说:"你挑熟的背几段我听听。"陈抟很轻松地把他近日听会的以他清晰稚嫩的声腔,有顿有挫地都背了出来,每背一段同学们都鼓掌喝彩。李老师和同学都感到稀奇,一位念《诗经》的学长说:"天下罕见的神童!"李老师点头赞许。女学生李一华和杨寒春用特殊的倾心至爱的目光看着陈抟。

老师姓李,名叫超凡,住曲仁里东头,是陈德求学时的大学长,加上与李素莲有亲戚关系,对陈抟有一种特殊的喜爱。当晚就到了陈抟家。

李老师一进屋,陈德称师兄,素莲叫大哥,陈抟喊大舅,让李老师应接不暇。陈德看座,素莲端茶敬奉大哥,陈抟躲在里间,不敢出来。李老师喝口茶后四下巡视,问:"外甥陈抟跑哪去了?"

素莲说:"刚才还在呢,怎么不见了!"李老师说:"我今天特为外甥陈抟而来。一位绝顶聪明的孩子,为什么不让他上学呢?你们夫妇还牢记大伯的不幸,绝缘仕途?你陈德弃学从工,也不让孩子入学,你知道孩子的心情吗?小陈抟背着你们每天在学屋窗下偷听念书,你们知道吗?"

陈德睁大眼睛看着师兄。李老师说:"他虽在屋外,但学到的东西让你们想象不到!全班学生会背的他都会背,同学们称他是绝顶聪明的神童!你们怎么没发现呢?我认为陈抟是有唐以来独一无二的天才!"陈德说:"老兄,别太抬举他了……"

李老师说:"老弟,我说的毫不夸张,这孩子绝对是只鲲鹏,前途无量,不可小觑。你一定要让他上学,一刻也不可耽误,束脩(学费)全免,文房用品我全包!"

陈德说:"老兄看他行,就试试!束脩我拿得起!"素莲说:"大哥,谢谢你,就请你多费心了!"李老师拍拍陈德说:"到头顶的福星要珍惜呀!"陈德说:"怕的是福兮祸之所伏呀!"李老师说:"天才之圣皆可逢凶化吉的。"

陈德送老师走后，坐在院中石头上沉思。陈抟从里间走出，跪在爹娘面前，一言不发。素莲说："爹娘不怪你！"陈德搂着陈抟瞪大双眼说："好好学，守规矩，若惹是生非，小心你的狗腿！"素莲说："多年读书习礼，怎么对孩子说话呀？！"

第二天早饭后，陈德担着柏壳香、供品和束脩，柱子、杠头、陈抟在前，陈德随后来到塾馆。

李老师见陈德领孩子们进来，忙起身相迎，说："老弟，昨已说过，一切全免，怎么又麻烦起来啦？"陈德说："该走的路一定要走，你不怪罪，至圣先师还会怪罪呢！"

李老师先为孔夫子焚香，陈德摆上供品，李老师和陈德在前，陈抟和大学长在后，一同向圣人行三叩九拜大礼。之后，陈抟向老师跪拜。李老师留陈德吃茶，陈德谦辞而去。

李老师把陈抟叫到跟前，说："你平常是无系统地学习，今后要由浅入深地逐卷细读熟背，把以往零碎的篇章连贯起来，才能深刻、完整地去体悟书中含义。"从此，幼年的陈抟踏上了儒家的求知路。一年中，陈抟"包本"（熟背）了《论语》《大学》《中庸》《孟子》《诗经》五部经典。一年后陈抟超过了学长，老师便开始为陈抟等三位学生讲《易经》。

陈抟的大仿亦突飞猛进。他以魏碑为范本，经一年的临摹，写出的字与碑帖无二，每天排仿，皆居首位。陈抟

陈德教子

送子入学

勤奋刻苦的学习精神、儒雅善良的品德、清秀英俊的风貌，以及优异的成绩，令村里村外的人们称赞不已。学屋里的男孩子钦佩他，女孩子爱慕他。无论走到哪里，他身边像有一个强大的磁场，吸引着众人的目光。

第四回

解疑释难明大义
求爱寻情识英贤

    转眼到唐僖宗中和三年（883年）六月。一天，陈德和大儿子陈搏在太清宫雕刻门上纹饰，听香客议论说，黄巢大军退出长安，转战河南，眼下围攻陈州，周围各州县形势吃紧，咱县已到四乡抓人守城。陈德心内一惊，和儿子陈搏丢下工具，返回家内，刚进堂屋，大门被推开，进来几个衙役，架起二人就走。素莲哭喊着追到村外，见有二十多个老少男人被衙役押往县城。

    押入县城后，陈德父子被分派到南门日夜守城。在这里他们遇到了同被押来的李老师、酒店掌柜杨守信及曲仁里的老街旧邻。

    第二天，县里通知各家各户按人丁地亩交粮援助护城。农民无粮可交，衙役兵卒就进屋搜找。农民为保口粮，家

陈德(陈尚德)雕纹饰

衙役抓夫

家挖洞存粮。

曲仁里塾馆老师被抓走守城，学生都待在家里。陈抟在家看书，心情难以平静，眼在书上，心在父兄身上。母亲手拿针线，眼中滴泪。这时，大门外进来两位女子。

前面走的是杨寒春，后面跟的是李一华。两人与陈抟在塾馆同窗七年。二人已届"娉娉袅袅十三余，豆蔻梢头二月初"，心系陈抟萦绕不去，碍于全班同学和老师，只有暗送秋波，不敢说半句心中话。今天县衙役抓走老师，来了机会，二人相约来找陈抟说说知心话。

李素莲常到娘家去，与两个女孩很熟。二人见面就喊大姑。李素莲见娘家侄女来家，忙擦干腮边泪，笑脸相迎。相互问好之后，俩人就忙着打扫院落。素莲看出二人心意，便喊："抟儿，一华、寒春来啦！"

陈抟还在为爹爹被抓去守城而烦忧，忽听娘说俩女同学来家，甚觉稀罕，忙走出门来。见寒春在扫院子，一华在洗衣裳，忙说："难得二位光临寒舍，怎敢烦劳芳驾，快请到屋内用茶。"一华秋波含情地说："什么烦劳芳驾，我们来看大姑，不是来看你的！"

寒春丢下"扫拂"说："一来瞧看大姑，二来想请教二哥几个难题。"陈抟说："别客气，有事咱们共同研究。一华表妹，别洗了，等会儿我洗。"一华笑看陈抟，站起随陈抟进堂屋落座。

陈抟献茶后说："二位才女，想探讨什么？请讲。"寒春和一华对视一笑说:"本来想好的,二哥一客气,却随着你的热情烟消云散了。"一华对寒春的难题揣测不透,听她这样说,才知她原来没有什么要求教的"难题"。

一华快速转动大脑,想出了一事,说:"咱整天学习孔孟之书,我有两个地方对孔圣人难以苟同。如樊迟请学稼,子曰:'吾不如老农。'又问种菜,曰:'吾不如老圃。'这种实话实说不避短的行为,是可以取的。而当樊迟走后,孔子却说:'小人啊,樊迟!这难道是圣人应有的德行吗?'"

陈抟说:"背后贬低别人不可取,是小人的劣习。从整篇看,他是要学生别学农奴死守桑田,而要学礼、义、仁、智、信,出将入相,做一番惊天地泣鬼神的旷世伟业。"

寒春说:"二哥评论中肯。我虽然怜悯农民,可我不愿去当冤大头。吃苦受累,还受官僚富豪的欺侮!"一华说:"我可以认同,但我十分反感'唯女子与小人为难养也'。战国时期的无盐氏、南北朝的花木兰,她们功过须眉,名压群儒,令百代敬仰,怎么能把女人比小人,还说女人难养也?!看到这句我就感到十分委屈!"

寒春说:"我有同感!二哥对此有何感想?"陈抟说:"女性应受尊重。老子说柔弱胜刚强,就是说女性柔弱,而其功之大是男性难以比拟的。"寒春兴奋地站起来说:"说得好!"陈抟笑笑说:"金无足赤,人无完人。对古圣贤也包括暴君在内的评价,都要一分为二,世上没有绝对好,也无绝对坏。杨广荒淫无度是坏,但修运河应该以功

陈抟为一华、寒春释疑

论之，方合事理人情。世人评说，常以情而论，同是一个人，有人认为是好，而有人却说是坏。眼下，黄巢围陈，闹得四方不安，咱三人的父亲被抓去守城，这个罪魁祸首应是黄巢。而黄巢为什么要造反？追根究底是唐王朝内部腐败，横征暴敛，百姓饥无食、寒无衣，走投无路，只好造反。咱们三家虽不是巨富，却也衣食无忧，对黄巢怀恨。当我读了《道德经》之后，才知道'民不畏死'是朝廷以'死'逼的！"

一华、寒春两人突觉眼前一亮，齐说："讲得好！"陈抟说："你看疾风暴雨可洗净天宇，驱除雾霾，摧枯拉朽，亦可淹没庄田，造成天灾！故利害相连，福祸相依。"寒春说："听君一席话，胜读十年书！二哥，你真神童也！"陈抟说："我不是神童，我的见识不单取于孔孟，还多受益于老子和庄子。我决心拯救受苦受难的人民，改变这个黑暗的朝代！"

一华、寒春崇拜地看着这个少年，情窦如三春的牡丹绽放了。寒春发现北墙上悬挂着一副中堂，上写：

鲲鹏展翅三千里，里正斩蛇方梦圆。

一唱金菊挥利刃，九合天下霸皇权。

两边对联写：为烝民生计呕心沥血，图大众幸福茹苦含辛。

陈抟画传

陈抟豪情感靓女

第五回

护城真源结秦晋
陈杨两姓一家亲

寒春看这笔法苍劲雄浑,立意豪迈高远,知是陈抟手笔,便问陈抟:"二哥怎么改名了?"陈抟红着脸说:"随便写的,因字丑,变名遮丑。"寒春说:"气势逼人,似有图南九五执掌天下的雄心壮志!"

陈抟说:"别胡扯,我哪有那么大的野心!图南是我的字,扶摇是我的号,其典来自庄子。我认为庄子空有大志,不如黄巢。你看黄巢,横扫大江南北,马踏黄河上下,称帝于西京长安,威风撼山岳,豪气贯长虹,感慨赞之,又不敢直写黄巢,只得借刘邦、齐桓公抒怀。"一华心里明白,这是陈抟的壮志表白,并为他的"犯上"担心。

两个情窦初开的少女,听了陈抟高谈阔论,春心荡漾,畅想着"在天愿作比翼鸟,在地愿为连理枝"的欢乐、幸

唐王昏庸国混乱
百姓起义为生存

黄巢挥军震朝野

福、美满的前景。

黄巢围陈将近半年,真源县上上下下都忐忑度日。县城五门紧闭,城里人出不去,乡下人进不来。城里商铺停业,乡下田园荒芜,不闻窗外事、不愁吃喝的一华和寒春在做青春美梦,还隔三岔五来陈竹园看望陈抟。

当年十二月,大雪纷飞,天寒地冻,黄巢起义军缺粮,派兵五千去攻鹿邑县城(治所在今鹿邑西六十里鹿邑城村),与降唐的朱温相遇,朱温获胜,驻军亳州。真源县形势缓解,官兵放回守城百姓,陈德和儿子陈抟得以回家。

陈家父子在守城的半年中,与李老师和曲仁里酒店掌柜杨守信相处友善。陈抟的俊秀聪明、谦虚知礼令杨掌柜欣赏,便托李老师为媒,为大女儿杨媛秋求亲,陈德欣然应允。

杨媛秋是杨寒春的姐姐。李素莲与媛秋见过多次,且娘家与媛秋家是老邻居,听陈德说起亲事,十分满意。夫妇二人便请柱子爹和李老师送喜帖和订婚礼物。

杨守信年已半百,只有媛秋、寒春两个女儿。没儿,闺女就金贵,找婆家就很慎重,虽有媒人多次提亲,只因老伴没相中人品而作罢。当老伴听说丈夫许亲于李素莲家,就夸丈夫有眼光。

杨家四口人愿与陈家联姻的原因各有不同,老夫妇欣喜的是得到一个标致聪明的养老女婿,媛秋欢喜的是得到一个英俊的丈夫,小寒春高兴的是与陈抟的距离又拉近一步。寒春原先担心自己争不过一华,现在有姐姐做内应,就一定能把陈抟拉过来。

订婚不久,两家为儿女承办了婚礼。

经父母同意,陈抟去酒店当二掌柜。陈、杨两家都为新人备下新房,似乎两家组成了一个新的家庭。在这个新的家庭中最为得意的是寒春,她成了陈家的常客。

唐僖宗中和四年(884年)四月,围陈三百天的黄巢义军在李克用和朱温的夹击下,向西北败退,至泰山狼虎谷兵死殆尽,黄巢壮烈自刎。陈抟听到后,甚为叹息。他面向东北,为黄巢流下伤心的眼泪。

天下越来越乱。当年十二月,蔡州节度使秦宗权遣兵犯淮南,扰江南,犯东都(洛阳),攻汴州(开封)、宋州(商丘南),极目千里,不见烟火。行军路过真源,在曲仁里酒店掠酒,杀死掌柜杨守信。陈抟买酒归来,见岳母躺在床上昏迷不醒,媛秋、寒春泪流如注,呼唤着母亲。陈抟含泪搀扶岳母,见岳母已经气断身亡,三人放声哭喊。

陈抟停住哭声寻找岳父不见,询问媛秋,媛秋说:"我姐妹和娘在地洞藏身半天,出来后,叛军已走,见店中货物被抢。血迹遍地,四处喊叫寻找也没见爹爹。听人说,叛军车载人尸当粮充饥,爹爹可能……母亲当时昏厥,而今……"三人又大哭起来。

李超凡老师和妻子儿女在地洞躲过一劫,听见媛秋一家的哭声忙来看望。见此惨景,流着眼泪劝他们节哀。四

護城真源結秦晋
陳楊兩姓之家親
辛巳孟夏王硯東

陈、杨两家联姻

邻陆续来杨家帮忙料理丧事，陈搏的舅父李超贤和表兄李允玉也来了。

在竹林掩罩下的陈竹园幸免一难。陈德、素莲、陈抟来到杨家，一阵伤心痛悼之后，也参与办理丧事。

丧事办完，陈、杨两家成为一家。陈搏夫妇经营酒店。陈德的手艺活在动乱的岁月中没有用场，便帮大儿子经商。他们开始扩大规模，把酒店办成百货商铺，除售酒之外，还经营布匹和日用杂品，把秤改成加一（每斤加一两），以诚信为本，薄利广销。很快铺子被办得红红火火，真源城里的人也常来买东西。

第六回

陈抟习武太清宫
寒春觅情陈竹园

天下大乱，塾馆停办。陈抟无心于学问，他扶摇九天、图南治国理民的壮志，随着朱温、李克用的相互征伐和秦宗权的横扫天下、抢掠残杀逐渐消失。他弃文习武，希望在战乱中护身护家，保卫亲人。

陈抟小时候随母亲为太上老君进香，曾见道士练武，因当时年龄小，生性寡言，不爱张扬，没注意道士的武功训练。如今体会到武功的重要，他就来到老子庙看道士练武，发现李老师的儿子李允生和女儿一华也在跟道士学习打拳。他们平心静气，专注于一招一式，并没有发现陈抟。

陈抟不去打扰他们，认真地看着他们的一招一式。一套拳过后，兄妹二人才发现陈抟，允生拉着陈抟说："大才子，不在家求学应试，来这里干什么呀？"陈抟说："当今天下大乱，科考停止，习文无用，还不如学个三招两式呢！"一华笑着说："陈抟，你聪慧过人一定能学好。"陈抟说："这不是念书写文章，我笨手笨脚恐学不成。"允生说："能，一定能学成。"教武术的崇阳道长早知道陈抟是个才子，他心想：如果陈抟能皈依道教，定能成为一代宗师。便走近陈抟，邀他练习武功。陈抟以礼致谢。

第二天，陈抟邀来柱子和杠头，走进太清宫。道士和李允生兄妹已开始热身。崇阳道长见陈抟等三人进场，忙道："欢迎三位小施主练武。"陈抟等三人以揖致谢，道："恳求道长教诲！"

道长向陈抟等三人介绍拳的练法、手眼身法步的配合与运用，并各发一张拳谱，要求背熟拳谱，练好基本招式，随着已学会者边学边练，持之以恒必可有成。由此，陈抟三人随师练起武术来。他们由拳及剑，直到十八般武艺都进行学习。

寒春被姐姐分配到柜台售货，听说陈抟弃文习武，天天和一华在一起，心里像猫抓猴踢似的不安起来。她不向姐夫姐姐请示，便去太清宫找一华和陈抟，加入人群中练起武来。因为道群氛围很好，寒春的贸然而来也很自然。

一华有严格的家庭教养，虽然陈抟一言一行都如刀刻一样留在她的心上，但她表面上不敢有丝毫流露。爹娘在世时，寒春是家中一宝，爹娘不在，在姐姐的眼里她比宝还要好。她无拘无束，任性使乖，坦诚直率得很像个男孩

陈抟练武太清宫

子。在练武场上，人家看着崇阳道长学，她却目不转睛地盯着陈抟的一举一动。

李素莲见媛秋每天做三次饭还要去照顾生意，便搬到杨家去为他们一家人做饭、收拾家务，陈抟仍在老家居住。寒春对素莲说："婶子，你来俺家住，你的房子不住人，长期关着门窗不通风，室内的东西会发霉变坏的。我搬你那儿住吧，还能防贼防盗。"

素莲理解寒春，只好答应。寒春不听姐姐的劝阻，吃过晚饭，跟在陈抟身后走出曲仁里，蹑手蹑脚走近陈抟，见四外无人，便一把抱住陈抟。陈抟除了练武的时间，其余无时无刻不在思考怎样来治理这个混乱的唐朝。他正想"文"和"武"哪个能治国安邦，被人突然一抱，冒出一身冷汗。

陈抟回头一看，见寒春羞红了脸，一双大眼睛含情脉脉地看着自己。他不知所措，挣脱了寒春的双手说："寒春，你吓我一跳！你上哪去呀？"寒春说："到你家去。"

陈抟吃惊："寒春，咱不是九年以前，你我眼下已十五岁啦……"寒春说："十五岁正青春，俺邻居的二妮十五岁都有婆家啦！听人说，武媚娘十四岁就入宫了！"陈抟说："咱们是亲戚，应该保持距离，以免别人说闲话！"

寒春说："亲上加亲，好上加好！闲话？闲话我不怕！爱说闲话的皆不是好人。俺邻居刘婶因爱嚼舌头，没人搭理她。你怕闲话，啥事也办不成。"陈抟无言以对，低头

陈持立志赴国难
寒春飞马阻陈持

寒春求爱追陈持

走去。寒春以为说服了陈抟，得意地赶上陈抟，并肩而行。二人进屋之后，陈抟不敢入内室，就在外间坐下，寒春紧贴他坐下，他马上挪身，寒春紧跟上靠；他再次离开，她紧跟不舍。陈抟顿时脸红，身上冒汗，寒春转身在陈抟脸上吻了吻，说："怕什么！我睡在娘那屋，我有十足的耐心等着你。"

陈抟的心一直在习文练武、救国安民上，他还认为婚姻不能自主，父母包办才是天经地义，自己不能违背三纲五常。对寒春的反常妄动，他有些反感。他想起了一华，她才是一位好姑娘！

寒春躺在床上，辗转反侧，难以入睡。她自感在爱情的跑道上超过了李一华。梦中她和陈抟同床共枕。清晨的小路上，二人各想各的心事，向曲仁里走去。

练武场上有健身的套路，也有实用的技巧。功夫的高低，多半由天资所决定。陈抟虽然聪敏过人，但他长于诗文，生性爱静，哪怕痴心练武也赶不上柱子和杠头。柱子、杠头肌肉发达，四肢粗壮，抡刀动枪十人难敌，摔跤也没败过。只有二人对决，才看出杠头略胜柱子。

李允生细腰宽背，两腿修长，酷爱轻功，窜墙越脊如履平地。一华和寒春虽赶不上允生，却也远超陈抟。但陈抟也有过人之处，他的气功远在五人之上。

第七回

七贼行凶曲仁里
陈抟寻仇鹿邑城

唐僖宗光启三年（887年）六月二十晚上，亳州守将谢殷率兵围攻节度使府邸，节度使宗衮出逃，求朱全忠（即朱温）相救，朱全忠连夜发兵攻亳，杀死谢殷，谢殷部下张禄率属下七人逃至真源、鹿邑二县境内，奸淫掠夺，无恶不作。一入腊月，八个人常在曲仁里转悠。

腊月三十，家家贴对联，贴门神，祈求门神爷把守门户，不让妖魔进宅。晚上一家人相聚，当家的男人向老人和儿童发压岁钱，然后围坐一桌喝辞岁酒，守夜迎春。李超凡每年辞岁都邀同宗的弟弟李超贤父子来喝辞岁酒。李超贤、李超凡分座上首，李允玉和李允生在对面作陪。一华和母亲在厨房包年夜的素饺子。这时，有八个强人趁此时不到关门闭户时间，在门神爷的眼皮子底下潜入李府。

这八人的黑老大就是张禄，他见堂屋门开着，内有四人吃酒，厨房中有女人的说话声，便让二人去抢一华，五人持刀进入堂屋，他站在院中观风。李允生见五人持刀进来，当即离座站起，踢倒一人，夺刀在手，抡刀劈下，扭身再看，叔父李超贤、父亲超凡和哥哥允玉已被贼人杀死。他飞身屋外，见四贼和张禄向大门逃去。两个贼人架着一华从厨房出来，李允生一刀砍死一贼，一华抡掌打向架她的贼子，这贼松开一华，挥刀来战允生。允生眼疾手快，一刀砍下这人的左臂，这人倒地，一华用脚踩住，允生将这贼上绑。

允生进入灶房，见母亲已被贼杀死，兄妹二人发疯似的大哭起来。

陈德和两个儿子，夫人素莲及媛秋、寒春正在吃酒辞岁，听到哭声，进入李允生院中，见到四具尸体失声痛哭。李小兰和母亲同时进院，看着超贤和允玉的尸体哭得死去活来。邻里乡亲和里正也相继来到李家，含泪处理后事。

血流不止的贼子被拴在树上，闭目等死。里正和陈抟通过多方盘问，才知他叫季松，黑老大叫张禄，一共八人，是谢殷的亲兵，谢殷被朱温擒拿时，他们逃出亳州，来真源和鹿邑行窃。半月前在太清宫练武场上，张禄见到一华，决心抢一华取乐。经半月的盘算，方在除夕之夜动手。

里正问："你们都住在什么地方？"季松说："我们原在陈州治下的鹿邑县城东关高升店居住，近几日住在真源

允生挥刀救妹

西关黄家老店。"里正马上让陈抟、允生去真源报案。陈抟与允生来到县衙，击鼓，一位老衙役说："别击鼓啦，县令携家眷归里，各班皂头、兵卒与县尉因发不上俸禄，回家的回家，当贼的当贼，无影无踪了。"

陈抟与允生无奈，来到西关黄家老店询问，店主说："他们昨晚付完店钱就走了。"陈、李二人只好返回向里正禀报。里正摇头叹息。李允生说："难道这血海冤仇就罢了不成？！我去杀这个恶贼，来祭父母屈死的亡魂。"

陈抟走到允生面前，小声说："别杀，留着他有用！"他又对允生和里正低声说了几句话，二人点头应允。陈抟来到季松面前，以关心的口吻说："你年富力强，却跟着张禄为非作歹，以致落此下场！你应洗心革面，痛改前非。我今天放你回家，望你重新做人。"季松点头。陈抟说："看你鞋子已破，我给你绑绑，以利行走。"他在贼子脚上各缠三道绳子，放了季松。季松用感谢的目光看了看陈抟，走了。陈德让儿子陈抟把两个死贼扔进了涡河。

陈抟安排允生照顾好一华、办好丧事。他去找柱子和杠头，要他二人盯住这独臂人季松，看他向哪里去，认准脚印，循迹追踪。

正月初一的凌晨，陈抟在鞭炮声中独自西行。黎明时分，来到孙家渡口（今丘集南三里处，当时涡河流经于此），见白雪下露出一双脚。四个蓬头垢面的乞丐走来，扒出死尸抬起就走。一人说："我们过年有肉吃啦！"陈抟对此

陈抟踏雪寻贼

罕见的场景，急冷冷打个寒战！他二目湿润，向鹿邑方向走去。

　　当时的鹿邑在真源西六十里处。原治所在今武平城，东汉称武平县。隋开皇迁治所鸣鹿村，改称鹿邑县。鹿邑县有唐高宗时期建成的老君台，用来祭祀老子。老君台很高，在城外可见到高出城墙的大殿和松柏。陈抟望着古台走来，见台前聚有二十多个香客。陈抟向一位老人施礼说："大伯，你拿香怎么不烧哇？"老人说："有人把门不让进，说有官人请老道算卦。你看，大正月里，人们谁不想求神保佑呀！"

　　陈抟想，正月初一是公众祭神的日子，抽签算卦光明正大，何须把门？其中必有不可告人的勾当。他在人群中等待。半个时辰过去，台上下来三个人，年龄三十上下，腰挎单刀利剑，短衣束袖，眼神惶恐。一位身材肥大、一脸络腮胡须的汉子向原来把门的二人使个眼色，二人随汉子走出东门，在路北进入一家门挂红灯的店内，灯上写着"粉香"二字。

　　此时日刚偏西，宿娼时间还未到，陈抟生疑。四外看看，见东方一箭之地有一酒旗上写"高升酒店"。陈抟来时，在城外只注意高耸出城墙的老君台，并没发现高升酒店，这时忽然想起季松招供的"高升店"。他来到店内，开房住下，向店小二询问半月前是否有八个行伍之人在此住宿。小二想了想说："住了月把，走后没回来。"

老君台前问香客

陈抟初步确认这五个进入妓院的就是凶手。后悔没带柱子、杠头、允生来。怎么办呢？他只好又回到妓院门前转悠。等到星光满天也没见他们从院里出来，他正要回店，见五个人从妓院出来，一直向高升酒店走去。

陈抟远远跟着他们走回店前，听店小二说："你们还住老地方吧？"一人说："对，送好茶，上好菜，老子不怕花钱！"小二高喊："上等毛尖一壶，上等酒菜一桌，送到一品客房！"

店内客房分三等三院，一品在后院，二品在中院，三品在前院，寓"步步高升"之意。陈抟原在三品客房，为接近五贼，想改住一品，小二说"一品仅一幢三室一厅"，只好改住二品客房。陈抟在二品客房用餐之后，走出店房，见跑堂正往一品送菜。

陈抟听见跑堂的说："五位爷，菜已上齐！"跑堂的走出后院。陈抟走近一品客房，听到他们在小声交谈，但听不出说什么。陈抟有点焦急，这时听一人高声说："怕什么！我相信道人的话，我们鸿运当头，虽有风险，却有神相助，必定心想事成！"又一人说："也不能全信，曲仁里抢美不成，还丢了季哥、马山和邱司！"

一人说："咱烧香走错了门。真源的老君心向真源人，他怎能心向咱呢？放心吧，没事，喝酒，喝酒！"一人接着说："目下各镇的监军、节度使各自争着叛唐称王，天下大乱，乱世出英雄。刘邦一个乡野里正建立大汉王朝，咱大哥跟着谢殷多年，有丰富的战斗经验，比刘邦要强百倍。道人说大哥有帝王之相，我相信！今天这酒就是为祝贺大哥而设！"似乎四人同时鼓掌说："好！"

房内吆五喝六，笑语欢声。陈抟感觉刺耳，步回客房，在灯前沉思。一更过后，他又来到一品院，听见里面在大声争论，一人说："天命所归，那位美人终归是大哥的！现在时机不到，半月之后，曲仁里的土包子放松警觉，咱趁夜深人静动手，便可成功。"三人应声说："对！"陈抟忽见房门大开，转身欲走，听那人大喊："什么人？"陈抟镇定地回答："住店客人。"屋内四个贼也走出房间喝问："你到此干啥？"陈抟说："我在找茅房！"一人问："你不在一品住，为什么到一品找茅厕？"陈抟说："我初住此店，不熟悉环境，打扰诸位了，对不起了！"一贼厉声说："我看他不是什么好东西！大哥，宰了他吧！"

黑老大听陈抟应答不慌不忙，不像办案人员，对手下人说："没事，走吧，喝酒去！"他回头又向陈抟说："年轻人，来喝一盅。"陈抟说："谢谢大哥，我不爱喝酒。诸位大哥，请问茅房在什么地方？"一人不耐烦地说："到二品院找去！"陈抟左顾右盼在找茅房。在茅房，他的心跳加快，头上冒出了冷汗。他回到房间还在苦思冥想，如果明天在光天化日之下认出我是太清宫练武的，那就麻烦了！他躺在床上睡不着。他在想脱身之策，如果转店，被他们发现，就很难辩驳。他最后决定在黎明前起身。

陈抟被围险象生
提剑自若心不惊

辛巳夏初北派汤舟坡
芳号鬱亭主人庙东

匪情之中显智勇

第八回

陈抟通衢遇二友
六义雪原战五贼

天还未明,陈抟便整理行装,准备到前台结账,听院中有呻吟声,隔门缝往外看,见一人架着一个双腿不听使唤的人向一品走去,他轻轻开门细看,见被架的人是季松。他二人艰难地走到一品门口,小二拍打门环喊道:"你们的人回来了,快开门吧,他支撑不住了。"陈抟感到危险即刻就来,但是现在还不能立刻就走,他想进一步了解这帮贼人接下来的动向。

再说被砍掉臂的季松,里正和陈抟审问他时,他认为供与不供皆是死路一条,便决心求死不供,后听陈抟说只要说出实话,就以人格担保放他回家。为了活命他只好实话实说。被放之后,心中又后悔说出了自己的隐身处,一旦他们报案,官府直达鹿邑高升店缉拿,怎对得起多年的弟兄！他想立即回高升店，要弟兄们到别处躲避，又怕人跟踪。

他坐在一棵树下，见有两个小伙子从他面前走过。他脑海中闪过在太清宫练武的人，面相相仿，衣裳有别……他见二人在半里处拐弯向北走去，便放下心来，忍痛向西走去。沿途经过的村庄，拜年的人群不像太平之年熙熙攘攘，而是稀稀拉拉，他们少气无力、断续不接地相互祝福。人们见到他都以怜悯的目光看着他。他艰难地向西走去，不时地回头看，肩头上常有血流出，雪地上留下殷红的血迹和一双不同常人的足迹。

从曲仁里到鹿邑城六十里，他走了一天两夜。正月初二的黎明他叫开了高升店的门。店小二见这个常客掉了一臂，惊问怎么回事，他摇头说不出话，两腿颤抖，立脚不稳。小二搀扶着他走到一品客房前叫门，季松倚在门上。

五个贼子还没起床，听到叫门声，都披衣坐起。张禄走近房门抽闩，门自然而开，季松随门摔在地下，"啊呀"一声，昏了过去。几人将他抬到床上，拍打前胸后背，有人在喊："二哥，二哥！"这位季松二哥始终闭眼不睁。

陈抟听到此处，认为离店时机已到。他刚转身回房，一贼跑出小解，回来时停在一品门口，向二品张望。他对昨晚和刚才陈抟的出现十分怀疑，想看一下这个年轻客人的长相。恰逢陈抟从房内探出头来，贼人凑近细看，发现这个人就是太清武场的练武者，便问："你是曲仁里的吧？"

季松惊看二青年

陈抟内心一惊，立即平静地问道："老兄你问谁呀？"贼说："问你！"陈抟笑着说："老兄，你认错人了！"贼说："在太清武场见你练武，因见你脚手不随，留下印象，绝非有错！"陈抟说："你看我瘦小枯干，四肢无力，是个练武的料吗？"贼问："你家哪里，名叫什么，什么职业？"陈抟说："我姓陈名耳，字玄东，家住宋州柘城县，在广济药铺当学徒。年前去周家口讨账，不幸生病，腊月二十九见轻，我带病冒雪回家，到鹿邑时，天色已晚，留宿于此。"

贼人说："那刚才你站在那里干吗？"陈抟说："我开门小解，见小二揍着的人心生可怜，才在窗外听听。"这贼听他说的，看他红肿的双眼，不像那个练武的，便说："我随便问问，对不起！"随后挥手回屋。

陈抟若无其事地去柜台找小二结账，当他步出店房时，远远看到杠头和柱子向高升店走来。

三人见面，点头不语，柱子在前，二人随后，穿过大路，进入路北一家李家老店。到房间后，柱子关好门窗，才向陈抟细说来路经过。最后杠头总结性地说："是他的血迹和一双麻绳足印引导我们来到这里。"

陈抟说："六贼均在高升店，我们三人怎么对付他们呢？"柱子说："咱们只有到鹿邑县衙去报案，让他们相助擒贼啦！"杠头说："大哥在真源报案，都没有人问，鹿邑报案，也不一定有人管。"

陈抟三人左思右想，决定立即返回曲仁里。将要开门时，听到外面有脚步声，又听店主人说就是这个房间。陈拚透过门缝见五贼持刀而来，转身对杠头指指近梁处的房顶。杠头一跃上梁，一手拿刀，一手对着箔，猛地一推，天洞大开，他攒出房外。柱子上梁，拉起陈拚，托他攒出房外，柱子相随而出。见杠头在围墙上招手，陈拚和柱子先后跃上围墙一齐跳下，三人向东跑去，跑出一箭之地见五贼紧紧追来。

陈拚三人见前面是一片丛林，墨黑的枝叶覆盖着厚厚的白雪，不时发出断枝的声响。三人潜入丛林，树枝低沉，一碰到它，劈头盖脸的雪块向身上砸来。三人如在海中击浪，时时迎接雪浪的袭击。

三人看丛林渐渐稀疏，柱子兴奋地跃过矮矮的雪树，却落入八尺深的逮狼陷坑中，陈拚、杠头因惯力推动立不住脚，也掉入坑中。柱子当即托起陈拚跃出坑外，杠头随后飞出，三人向东继续跑着，五贼已在身后。

杠头在后，听有风声，急闪身躯，飞刀从耳边飞过。杠头回头挥刀向来人砍去，此贼以刀相迎。只听一声巨响，火花四溅，一刀飞出。贼子虎口出血，跳出圈外，两贼来战杠头，杠头雄威大振，接战二人。柱子、陈拚也正和贼人奋战。

柱子唯恐陈拚有失，想很快战胜对手去助陈拚，不料那个被杠头打败的小子，捡起刀向柱子背后砍来。柱子躲过刀锋，与二人战在一起。时间一长，陈拚三人体力渐渐

莽雪原战刀光
陈扬弘襄湾禩民
辛巳岳月十六于
张沙再诞王疯东

雪地六义战五贼

不支，五贼更加奋勇。正在此时，从鹿邑方向跑来三匹战马，马身上是三个英俊少年，他们在圈外下马，投入战斗。

一位身材苗条、面似桃花的少年来助杠头。和杠头战斗的二贼，一高一矮，一胖一瘦，只见身高体肥的老贼一眼看出这是他要抢的一华，他撇开杠头来战一华。杠头一眼看出，在老贼转身的当头从老贼背后飞砍一刀。老贼闻风闪身，正碰上一华的宝剑刺来，他无处躲闪，大腿中剑，伏地不起。杠头举刀砍来，瘦贼架开刀锋，去拉老贼，老贼借力跃起，飞身上马，策马而去，瘦贼随后上马去赶老贼。

一华急忙去拉缰绳，提剑护马，寒春丢下对战的贼人去助陈抟。这贼人举刀从寒春背后砍来，柱子的刀已刺入这个贼人的小腹，忙拔刀扎入追杀寒春的贼人后背。柱子一秒钟内杀死两个敌人，允生杀死与陈抟对战的贼人，接过妹妹手上的缰绳，去追肥瘦二贼。陈抟连喊："允生哥，回来，回来。"

千里雪地覆白骨
真源圣域飘酒香

　　窃马跑掉的老贼张禄和瘦猴谢奇马上加鞭,直奔汴州,投奔朱温。李允生向西直追,他越追距老贼越远,追过任集,没见老贼踪影,只好返回。众人见允生回来,看他怒容不释的样子,已知他没追上老贼。陈抟说:"今日老贼漏网,但天网恢恢,疏而不漏,他逃不出天眼,他的末日不远!但还应考虑到,他贼心不死,寻机报复!"

　　这时,陆陆续续来了群骨瘦如柴的饥民,他们目不转睛地盯着三具尸体。陈抟摸摸褡裢,寒春说:"二哥,我带的钱多……哎,在马身上,被……"陈抟摸出一串钱交给一位老者,说:"请老人家分给大家吧!"老人说:"公子,我们不是要钱的,有钱难买粮和肉,我们求各位把三具死尸赏给我们吧。"说罢,一齐跪下了。李一华眼含热

第九回

兵燹后愚人相食
德崇道高披饿莩
辛巳夏初星燕东

陈抟解囊赠饥民

泪把身上的钱袋交给老人。六位年轻人含泪返回店中,交付修房费和店钱。店主感动地说:"天下像你们这样的好人太少了!"老人怎知,这群年轻人来自道德圣地真源县哪!

真源县为老子故里,李唐王朝以老子为先祖,唐高宗还曾亲自到此朝拜、祭祀老子。故二百多年来,真源县是国人敬畏之圣地,即使在当下的战乱之中,这片土地仍是世外乐园。正因如此,人相食的现象陈抟等人只是听说,还没见过。

六个年轻人在来时的路上,心怜受害的亲人,恼恨行凶的贼人,苦思缉拿惩办凶手的谋略。今天返里才意识到千里白雪之下,布满着战乱中遗留下的尸骨。陈抟长叹道:

银雪忍羞覆白骨,宫廷豪兴放歌喉!
悲哀痛心哭黎庶,企盼苍天诛恶徒。

陈抟为战乱中屈死的冤魂流泪,为昏庸无能、穷奢极欲的朝廷而愤恨!心怀图南的他为黄巢的惨败而伤心。他愿效里正刘邦,率群雄除暴秦,灭蛮楚,使天下一统,万民安居。他愿君临天下,笑看当下的贪官污吏和争权夺位的宦官与朱温们。

一群年轻人返回曲仁里后,李允生与一华一直沉浸在失去亲人的悲痛中,终日以泪洗面。素莲的娘家嫂子古

铁空巫山压瘴烟，寂寞宫庭永夜闲。永夜孤灯明灭，南阳痛哭一龙眠。日暮天涯无限意，唐年夏

陈抟吟诗叹白骨

氏和侄女小兰也在哭泣中度日如年。陈德父子以诚信热情经营的商铺，却如雨后春笋，蓬勃发展。一家人忙里忙外，难免顾此失彼，加上乞丐讨要、土匪骚扰，常常应接不暇。

陈抟因心系国计民生，志在图南，常常在陈竹园家内读《史记》、看《春秋》、研《周易》和"老庄"。父亲逼他去商铺帮忙，他却常常出错。父亲只得让他读书练武。为了正常营业和店中安全，也为解决允生兄妹和小兰的思亲之苦，陈德扩招一华、小兰营业，柱子、允生和杠头负责保卫和采购。

一日，允生和柱子到枣子集进酒，见售酒处买酒的排队老长，等半天轮到自己了，售酒人却说，酒已售完，等明天吧。他二人等到第二天才买到酒。回来后，允生向陈德说："姑父，枣子集的酒作坊，生意红火，买酒者排队。我想，咱们在陈竹园建个作坊酿酒，也省长途几十里去购酒，自酿自卖，价格便宜，又近县城，来买者一定很多，生意会比眼下更强。"陈德十分赞成，便让允生负责造酒。允生去找陈抟，强逼着陈抟去学酿酒手艺。陈抟推辞不掉，只好随允生去枣子集看看。

陈抟、允生以买酒为名到作坊内认真看了一遍。陈抟发现酿酒有专门技术，必须在作坊内聘师傅才能造出好酒。他见一位年近六十的人，在指导对料、发酵、蒸馏。傍晚他见这人走出作坊，便紧跟其后，见他进入家门，一个小孩叫着爷爷来接他。陈抟便在商铺买了果品和儿童玩具走进他家，放下礼物，施礼说："师傅，我叫陈抟，在家无事，想拜您老人家为师，在作坊找点活干。"这人姓张，叫张项，是作坊头把师傅。见陈抟眉清目秀，文质彬彬，便答应了。

陈抟开始在作坊干活。他心思灵敏而且勤快，很快就和作坊的人熟络了起来，并隔三岔五去张家送礼做家务，令张项很感动，张项对陈抟毫无保留，有问必答。半年后，陈抟掌握了酿酒的全套技术。他辞别师傅回陈竹园办起了酒作坊。他以师带徒，招十一个青年劳作，第二年春天，蒸出了醇香浓郁的白酒。陈抟请老师张项来品尝酒的质量，张项点头称赞。村内爱喝酒的乡邻皆来品酒，异口同声地夸奖。酒在商铺试销后，广受好评。一时间，销路通达，来购酒的客人成群结队。陈家作坊的酒被人称为陈酒，后来又叫陈抟酒，享誉四乡！翌年秋，酒作坊有六位青年可独当一面，陈抟可抽出身来继续钻研经典佳作。逢年过节，陈抟备厚礼去看望师傅，张项也常来陈家作坊指导。

唐室用天醪火煋
老手故里飘液香

陈抟酿出醇香酒

第十回

张禄抢人曲仁里
陈抟智斗凶险贼

888年三月，唐僖宗死，其弟李晔立为昭宗。李晔欲重振大唐，除弊兴利，并拨款修葺太清宫。陈抟为之一振，他决心苦学应试，并说服爹娘，让允生全权管理作坊。

889年三月，朱温晋封为东平郡王，据守汴州。他对帐下谋士陈岌不太信任，又不好意思驱逐，便让他去任真源县令，以静观其变。陈岌到任后，励精图治，克勤克俭。他听说陈抟才华横溢，曾经领乡邻挫败流寇，声名远播，便派人去请陈抟来衙谈心。陈抟的谦恭赤诚令陈岌钦佩，二人成为知己，来往甚密。

再说朱温，为扩张领地，四处抓丁，以充实力，以备夺权篡位。张禄牢记当年在鹿邑的受挫之仇，要求去真源征丁，朱温应允，要求他看看陈岌的政绩如何。他怎知张禄来真源的目的,是借招兵之机抢一华、杀陈抟等人复仇。

张禄十分高兴,他率瘦猴谢奇和独臂季松等十四人到真源,住宿客店。他先去县衙找县令陈炅商量征丁一事,陈炅内心对征丁十分反感,但也不敢反对,仅说支持,并不派衙役参与。张禄也不强求,自带兵卒去曲仁里,让里正统计十九岁至三十岁的男子,然后按名册抓丁,陈搏和五位青年被抓。张禄按名册点名,仅缺李允生,兵卒报告说,他家里人说购货在外,无处可寻。他逐个察看身形长相,找不到他在鹿邑遭遇的陈抟等几个小子。

他带人到处查访,始终是失望。后来进入陈家商铺,一眼看见一华在摆放酒坛。一华也看到了老贼,她睁大怒目直射老贼。老贼一副若无其事的样子离店,带着抓的乡民回客店。

陈抟听说哥哥被抓,来店铺安慰父亲。一华趁机把她见到老贼、瘦猴和断臂贼的事说了一遍,陈抟马上意识到一场灾难又要降临。他立即去县城找县令陈炅,探听他对张禄的态度。陈炅,鹿邑(真源县西六十里处,今鹿邑城村)人,原在冤句(今山东菏泽市曹县北)随黄巢起义,战斗中出谋划策,不离黄巢左右。黄巢发现朱温多诈,便让他去朱温部任参军,以监视朱温。朱温叛变时,陈炅曾劝朱温,未成。他本想离开朱温,但黄巢密令坚守,以作内应。现在他对朱温怀恨不释,决心在真源立足发展,招兵买马,瞅机会杀朱温为黄巢大哥报仇。他正为抗拒朱温

张禄探踪先买货
贼心不死这人自如
辛卯春月於
振河丹桂堂顾家

张禄商铺寻一华

抓丁无计，巧逢陈抟来求，便答应陈抟共抗张禄抓丁抢人。陈县令对陈抟十分客气，以礼相待，二人促膝交谈，研究方案。陈抟又去请崇阳道长帮忙。之后他找到柱子、杠头、允生、一华和寒春，共同商量对付老贼的策略。陈抟说："据我预测，老贼来曲仁里的目的不是征丁，而是报仇、抢一华。他们的行动步骤，今天是探情况，明天是探路径，后天是报仇抢人。我们必须按此来制订方案。我已请县令陈炅和崇阳道长帮忙。现在我们就研究捉贼杀贼的可行方案……"

第二天，瘦猴和兵卒来铺子里买果品，环视一遍不见一华。他二人磨磨蹭蹭捡商品。寒春从外面进来说："大叔，一华肚子疼，要半斤红糖，熬茶喝。"陈德说："请医生看看吧。"寒春说："女孩子的正常事，不须请先生。"寒春拿着糖走了。小兰妈说："我也看看她去。"

这天夜里三更时分，老贼张禄和瘦猴谢奇、断臂季松不敢露面，在店房坐等其他人抢美归来。张禄派九人身穿黑衣黑裤，各执刀剑，走近李府。六人在大门外接应，三人潜入府中，见一华房中灯火如豆。二贼守门，一贼入室。

这贼见一华面向里侧卧，欲抱起一华，只听背后有风，急回头闪身，一剑穿入软肋倒在地上。

门外二贼听声不对，又见两人向他们扑来，便飞身上房，谁知房上一人持刀相等，二贼欲退已晚，其中一贼挨一刀滚下房来。另一贼跳下，忘记下边有刀相等，脚没落

陈抟巧施连环计
县令道长共相帮
辛巳阳春星星鹿题

陈抟定计打张禄

71

張禄令賊捨二華
扛頭一劍送匪徒
辛丑陽春於
銀沙舟埠王服采

柱子绣房除恶贼

地，惊叫一声，刀已入腹。大门外六人听院中传来惊叫之声，已知险情发生，齐向真源飞奔。

迎面二十个壮汉挡路喝道："叛贼！东平王待你们不薄，竟敢结党拉派，出卖王爷！张禄，出来受死吧！"六人跪下哀告："大人，张禄的阴谋，我们不知，是他要我们抓丁入伍的。"拦路人说："什么抓丁入伍，分明是抢劫民女！张禄呢，出来！"人答："张大人……不……张禄还在店房。"

这位大人说："东平王本来下令要将你们全部杀掉，我不忍心，你们都有妻儿老小，放你们回家。这是我对你们的关心爱护。你们应该明白，我可是冒生命危险来拯救你们。如果你们去见王爷，我全家将有灭九族之祸！我已掌握你们的家庭情况，我会一直观察你们的行踪，如果你们去汴州告我，我就杀你们的全家！记住了？"六人齐说："记住了，大人之恩，至死不忘，怎么能告你呢！"另一人说："大人，我们都想回家，谁肯在外卖命呀！"说罢叩头而去。

六人走后，允生拉着"大人"的手说："谢谢您，崇阳道长。也谢谢诸位师兄。"一华和寒春早备好美酒斋饭在太清宫相等多时了。扮一华的陈抟与负责杀贼的柱子和杠头把三贼尸体扔入谷水，也来太清宫庆贺。

真源令陈昗，探听到去抢人的仅仅九人，三人被杀，六人逃走，便派人去抓张禄等人，张禄等闻讯已逃。

贼子跳房遇刀丧命

高道降服冢凉兵
县令赏如送朱温
辛丑阳春于郑州星顾宋

道长训贼

县令见状，忙向朱温致函说："公派张大人征丁，他抢民女被百姓围攻时，恰遇李克用部下掠走了丁壮。张禄等人惧敌不战而逃，不知去向。我派衙役去追敌军，惨败而归。深感愧疚，以函请罪！"下写"陈抟敬上！"县令写好公函派人快马去汴州送交朱温。朱温看后气张禄无能，竟抢民女惹怒圣地乡里。这时，有人报张禄欲见大人，朱温正气愤难消，随口说："不见，赶出去！"张禄又成了丧家之犬。朱温又感到不妥，这是否是陈抟的反间计？他想把张禄追回，又想到张禄必然与陈抟结怨报复。想到此，他决定坐山观虎斗：我朱温人才济济，用不着这两个伤神费劲的小子！

再说陈县令，他把张禄抓的乡民一百一十二人集合于院中，说："抓丁的大人被李克用的亲兵卫队收服，我放你们回家，如不愿回家，愿留在县衙当差的可以留下，天天有饭，月月有饷，绝对不亏待你们。"当时走了八十人，留下三十二人。

战乱中，有兵就有权，陈县令想请陈抟出任县尉，负责训练军卒。陈抟说自己未经科考，难以服众，并推荐李允生，说他品德端庄，才智超人，可胜此任。县令邀请陈抟与李允生到县衙共商此事。县令见允生面目清秀，二目有神，谈话中知其精通五经，谙通兵法，心中甚喜，遂任命为县尉，负责县内役卒的训导和防卫事宜。

第十一回

素莲巧探儿心意
情侣终成偕首缘

　　杨、陈结为一家后，又来了一华、小兰和寒春三个女孩子同在商铺营业，同与陈抟练武，同在一个厨房就餐。她们把素莲当作亲娘。寒春随着姐姐嫒秋改口喊素莲为娘，一华虽不如寒春大胆，因挚爱陈抟，也改口称素莲为娘，小兰对姑母原喊"姑娘"，随着一华亦改口叫"娘"了。

　　按当时习俗，男女十六岁便可成婚，而这群年轻人除小兰之外，都已"十七大八"啦！经过两次暗杀事件，陈德、素莲深深感到儿女婚事迫在眉睫。素莲早看出寒春与一华都在以不同的方式追求陈抟，但她还不知儿子的心思。

　　素莲回陈竹园问陈抟："你再过新春就十八九岁啦，早过成婚年龄。我看寒春有空就来找你，你们……"陈抟脸红了，说："我功不成名不就，不想结婚。等事业……"

慈母巧探兒心事
罗贯清人结良缘
辛巳清秋前写於
龙沙丹捉而又元方
芳吾斋主王颢东

母亲问儿知心意

母亲拦住他的话说:"什么事能比结婚生儿育女事大?有句老话说'不孝有三,无后为大',这事自古以来是人生头等大事。父母当家,我本不应和你商量!我和你爹商量过了,决定明年正月初六就办喜事。"

在那个年月,儿女不敢和父母使性子。陈抟只好笑着说:"娘,我不会违背您二老的意愿。但我想问一下,您是不是想要寒春来做儿媳妇呀?"素莲说:"我看寒春与一华都好,不知你心中喜欢的是哪个?"陈抟感谢母亲的明智与通情达理,但他还不肯明说:"娘,您老有眼光,您看谁好?"素莲说:"论脾气,一华为好,论爽快数寒春。你看呢?"陈抟说:"此事我听您二老的,定谁都可以。不过儿以为,沉默寡言比口若悬河要好一些。老君爷说'多言数穷,不如守中',很多祸事来自多言。"素莲笑啦,说:"我和你爹也这样想,不过看寒春常来咱家,才来看看你的意思。好了,我回去找你妗子做媒,听听允生和一华的意思,如果他兄妹同意就办喜事!"

受妹妹素莲的委托,妗子古氏去找一华。一华听婶子说后,满面绯红,说:"我无爹娘之后,姑母姑父视我如亲生一般,只要他二老不嫌弃侄女,也就求之不得了。不过,'除父长兄',烦请婶子给我哥哥说说。"婶子说:"那是自然。"

古氏心情畅然,立即去见妹妹、妹夫,笑着对妹妹和妹夫说:"一华同意了,只看她哥哥允生啦!"这时允生身着县尉服装进来,羞红的脸上满是喜气。允生双手向姑父递过一张大红请柬,见婶子古氏在场,忙又取一张请帖双手递上。允生说:"我来请您三位老人家,明年正月初六去县衙受头!"

三位老人看出来意,齐说:"太好了,女方是哪个?"允生说:"是县令的独生女儿陈云燕!"三位老人齐声叫好。素莲递茶给允生,古氏趁势和允生说:"允生,你在县衙当差,如今又和县令的闺女成亲,县衙就成了你的家,撇下一华怪孤单的。她也到出嫁的年龄了,我正在和你姑父、姑母商量,想让一华也抓紧成婚,免得你在外面挂念她。"允生说:"谢谢姑父、姑母和婶子,时时为我兄妹操心。但不知谁家能瞧起我们这孤苦伶仃的人家?"古氏说:"人家我们想好了,就等你这个当哥的说句话了!"允生说:"父母去世后,我兄妹的亲人就是婶子和姑父、姑母,您三位老人家看中的人家,我兄妹是绝对要答应的。"古氏又说:"除父长兄,凡事还得由你说了算!"允生说:"婶子你说吧,我听你们的。"古氏便说:"你们兄妹和陈抟从小就同窗上学,后来又同场习武,一块斗敌,一块经商,一锅吃饭,相互关爱,亲密无间。陈抟这孩子我不须多说,你们比我更了解他。全村全里全县也找不到他那么有才有貌啦!所以我看陈抟这孩子最好。不知你……"允生忙接过话:"城内县令也提议让一华与陈抟成亲,不知姑父、姑母中意不中意?如果您二老不嫌弃我兄妹的话,我是求之不得呀！"陈德等三人同时笑了。素莲说："县令都同意了，我和你姑父也是早就中意了！"允生说："谢谢姑父、姑母，仅希望给他们尽快举办婚礼。"

陈德说："原先和你姑母商量，你若同意，好期定在正月初六，不料你的好期也是正月初六！"古氏说："太好了，双喜齐降！"素莲说："好是好，你这个婶娘兼舅母，怎么分身去受头哇？"古氏说："好办！都在铺子前行婚礼，各回家入洞房不就行了！"允生说："好是好，我还要和岳父、岳母商量一下，方可！"陈德说："好，商量后再定。"

第二天，早饭做好，素莲去喊媛秋吃饭，见儿媳房中无人，倒听见寒春房中有哭声。她走了进来，见寒春在床上哭，一华在一旁无言站着，媛秋在劝妹妹。素莲站在床前不知怎样劝解，说："寒春……"寒春听是素莲声音，当即从床上坐起，眼中含泪，嘴角翘起，强笑说："娘，我没事，我是为二哥和一华姐的婚事高兴呢！"

陈德夫妇对寒春也很爱怜，想尽快为她说个婆家。二人想来想去，认为柱子不错。素莲便和寒春谈心，问她："闺女，你也该成亲了，我还不知啥样的人才合你心意？"寒春眼中又有泪珠在滚动，她强定心神，红着脸说："娘，你看谁好呢？我听您二老的。"

素莲想了想说："闺女，你和柱子同窗上学，又在一块练武，听你说在鹿邑与贼人搏斗，柱子救了你并立斩二贼，

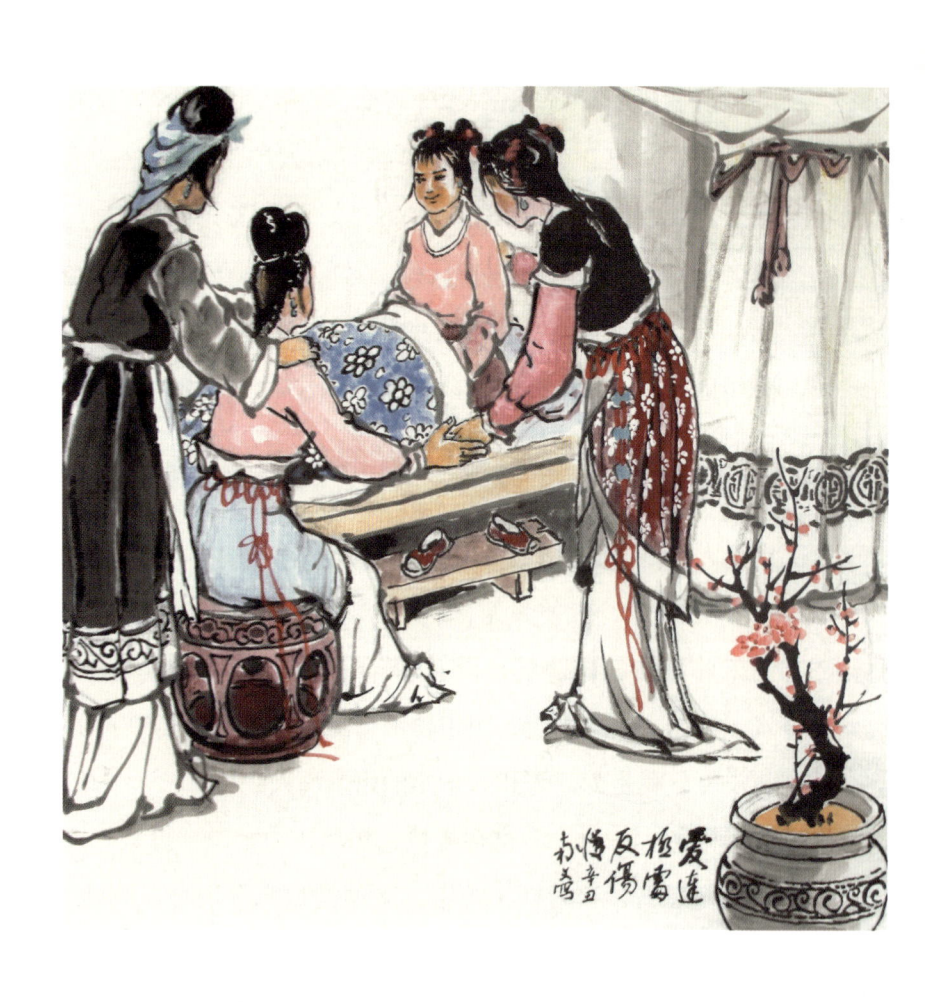

寒春忍泪舍心爱

陈二嫂喜出望外

这种舍生忘死的救人英雄你不爱吗？"寒春说："此恩怎敢忘，也认为他可靠，但他对我没说过一句知心话。"素莲说："这才是应该爱的人呢！你看有的男人就像《诗经》中的'氓'，求爱时花言巧语，信誓旦旦，婚后不久就弃妻而去。"寒春大睁双眼，似有所悟。素莲说："你要没意见，我明儿个就找他爹娘去说。"寒春说："我听娘的。"

顺应自然好办事。没费吹灰之力，素莲就把柱子的婚事说成了。柱子的爹娘也想趁陈抟和允生的吉日为儿子承办喜事。媛秋应承下来，忙着给妹妹准备嫁衣。

古氏眼见三个女孩子同在正月初六举行婚姻大典，看着面带凄苦的女儿心中难过，如果儿子在世也该成亲了，一串眼泪滴湿前胸。素莲见嫂子在流泪，心想，往常嫂子很少流泪，今天为什么伤心呢？是不是为我那惨死的哥哥和侄儿呢？她也流下泪来。

杠头家娘走进屋来，见素莲和古氏面带泪花，有些不解地说："素莲、大嫂，陈抟喜期临近，您二位一个是娘，一个是妗子，应该高兴呀？"古氏忙说："老毛病了，高兴时却想那不该想的伤心事。"杠头家娘说："大嫂子，啥事都别想……哎！你要是想了个开头，就像涡河开口子，堵都堵不住。陈抟、柱子、允生三人没订婚时，我也没想孩子十八了，该成亲了。他们三人一成婚，我就开始想了，想得整夜睡不着。"

素莲说："陈二嫂哇！光想不行，你没听人常说'有儿夸儿，有女夸女'吗？到街上买东西还讲究吆喝呢！"杠头娘说："我今天就是来吆喝哩！想请你给杠头说个媒。"她歪过头着看了看小兰母女。

素莲笑着说："二嫂子，我想着哩。"素莲在送杠头家娘时，偷偷地问杠头家娘说："陈二嫂，你看小兰这闺女咋样？"杠头家娘一拍大腿说："想到一块了！"

新春情人行婚礼
元宵佳节失娇儿

腊月二十九，允生的岳母叫允生把一华接到县衙，共辞旧岁迎新春，要一华和女儿云燕同住一室，专等正月初六送她二人去参加婚礼。

唐昭宗大顺元年（890年）正月初六上午，曲仁里陈家商铺前，站满了老少乡邻。人群中从东到西一字排开四张"天地桌"，桌面右边均放五升斗，斗内放五谷，斗内边上插葱一颗，斗中央插秤一杆，秤上挂铜镜，斗左有三牲祭礼，桌子两侧蜡台上红烛高烧，桌前红毡铺地。

巳时刚到，在去真源的大道上，鼓乐齐鸣，两顶花轿姗姗而来，允生华美的婚礼服装上披红挂彩，县令与夫人在马车上笑容满面。陈德、里正在道旁迎接，火冲与鞭炮轰鸣。陈二嫂穿着镶边绣花的藏红大袄，戴着蓝色锦

第十二回

四渡新人
张连理
以家彦棠
梅鱼门
辛巳七月
于雨东

四双新人结连理

缎帽子,在指挥李素莲、柱子家娘的穿着打扮和受新人跪拜时的礼仪姿态。身穿翡翠婚服、满身珠翠的云燕和身穿粉绿婚服、满身珠玉的一华从轿上下来,向县令夫妇走来,侧身行礼。寒春和小兰满身珠翠从商铺前走向县令夫妇,以揖行礼,并与云燕、一华对笑施礼。陈挎、柱子、杠头身穿礼服,戴十字披红向县令夫妇行礼。之后,由东至西,允生、云燕,陈挎、一华,柱子、寒春,杠头、小兰等四对新人,按女东男西的次序站在天地桌前,在司仪里正的欢快声中叩拜天地。之后,一华、云燕、寒春、小兰在商铺重新换衣、吃茶小憩,片刻后,四对新人依次向男方家长和女方家长叩拜。陈二嫂和丈夫受头后向李素莲说:"想起十八年前你生个肉球,是我把肉球剪开,你才有这个天才儿子!名字还是我和道长起的呢!"李素莲说:"是呀!我常嘱咐小挎,记住你二大娘是你的救命恩人呢!"

在婚宴上,乡邻与宾朋划拳行令,热闹非凡。四对新人轮流向宾朋敬酒,欢声笑语不断。当晚,新人们在男恩女爱中度过了终生难忘的时刻。

第二天清晨,一华起床梳洗打扮之后唤醒还在沉睡的陈挎,二人一前一后去向父母请安。陈德和素莲一连忙了几天,又加上昨晚多喝了几杯酒,二人喜极贪欢误睡,错过了往常早起的时辰,刚刚起床,就听到小夫妻的拍门叫娘声。素莲满脸羞红从内间走出,把门开开,见一华和陈挎也是一脸红晕向她行礼。素莲说:"别行礼了,你们虽是新婚，却是旧亲，别按老俗礼啦，都坐下，我和你们说说知心话。"一华说："娘！您忙几天了，身体还好吧？"素莲说："没事！一高兴再累也感觉不到啦，坐下吧。"一华和陈抟并肩而坐，静静地看着娘。陈德这时站在里间不敢迈步。若按老规矩，儿子完婚，老夫妻应该和他们分居，即使住在一起也应起在儿子之前，不应睡到日出三竿，现在出去让外人知道岂不是村中的一大笑柄？他懊悔地轻轻移步坐在床上，听素莲和儿媳妇说话。素莲说：

"你们完婚就标志着长大成人了。记得我嫁过来之前，你姥姥曾告诉我三句话。我今天也告诉你们：人的一生，有七灾八难，走好走坏全靠自己，多灾多难自己要受！一生都有难言的苦，都有无声的泪。岁月无情，不会轻易放过谁！

"有钱把事做好，无钱把人做好。蛇不知自己有毒，人不知自己有错。你做得好，就像一块糖，吃后忘了，别求回报。你做坏了，就像伤疤，人家牢记着不忘！故宁做千般好，不做一件坏！

"有钱时不可目中无人，无钱时不要小瞧自己。花无百日红，人无一世穷。看人，不以貌取人，不以财待人。金山银山，未必能保平平安安；大富大贵，未必能保长命百岁。老君爷说：'金玉满堂，未必能守，富贵而骄，不可长保！'所以你们要低调处世，善良为人。出仕为官，要忠君爱民，在家种地经商要以诚信善良为本。"

陈抟说："娘说的话，字字如金，入情入理，我和一华一定牢记照办。"一华说："请娘放心吧，我们决不辜负您老的苦心！"素莲说："那就好，我相信你们不会给父母丢脸的。"陈抟四处瞅瞅，似乎猜透老爹还在里间不便出来，说："爹到商铺去了，待会儿再来向他老人家问安。"素莲说："不用了，你去学习，我和一华去做饭。"陈德焦急的心轻松了，他一直盼着他们尽快离开这个堂屋，终于等到了。

890年二月，陈搏得子，爷爷取名陈仁。翌年二月，陈抟得子，爷爷取名陈义。"仁义"二字，代表爷爷陈德崇尚的儒家思想。当年三月，允生得一千金，姥爷取名俭慈。后来，柱子、寒春得子，爷爷不通文墨，请陈抟起名叫陈海。不久，杠头和小兰也生了个男孩，奶奶想到她给儿子起名叫杠头，人家都说不雅，她也认为太俗，决定请陈抟为小孙孙起个文气些的名字。她让杠头去请陈抟。杠头说："娘，别去请陈抟了，你起一个就中了！"娘说："我起的不行，叫着不顺溜，听着也别扭！快去！"杠头只好去请陈抟。杠头家娘见了陈抟，又提起陈抟出生时的故事，说个不停。杠头说："娘，别说了，我都听腻了。快让抟哥想想叫啥名字吧！"娘瞪了杠头一眼说："好，不说了，请陈抟起名吧！"陈抟说："柱子家的名海，海纳百川，有容乃大！咱家的叫陈川吧？"娘说："窜，不好，不吉利！"杠头说："不是窜，是川流不息的'川'，海纳百川的'川'。"娘说："这个字咋写的？"杠头说："三直道！"娘想了想，笑着说："好！三直道，爷性子直，爹性子直,我的乖孙子也错不了,也是个板上钉钉的直性子。"大家都笑了。

890年正月,唐昭宗改元大顺,二月十五,派宰相张浚来太清宫祭老,祈求天下大顺。当晚,县令设宴招待宰相,县令把允生介绍给宰相,并向宰相推荐陈抟,说陈抟能诗善画,精通"老庄"、《周易》和诸子百家,实属罕见之奇才。宰相张浚命请陈抟一见。

张浚见陈抟面容清秀,二目有神。问起大政,陈抟侃侃而谈:"当今圣上有志兴国,必先理政,内清朝堂,外削藩镇,减役轻赋,恩施黎庶。致天下归心,四海钦服,天下必定矣!虽为老生常谈,但妙在执行实施,窍于随机应变……"悠然激情的谈吐,震撼了四座。张浚当场表示定向唐昭宗举荐陈抟。这再次激发了陈抟图南治国救民的热情。他更深入地学习《周易》、"老庄",研究兵书战策,从《春秋》《史记》中寻治国方略。他怎知立志革新图治的昭宗正在为李克用和朱温的日渐强大威胁皇权而担忧。昭宗想以敌制敌,利用朱温遏制李克用。他调五州兵马围攻李克用,结果军需耗尽,未能成功。翌年正月,只得恢复李克用的官祚。昭宗疲惫不堪,把张浚的荐贤忘得一干二净。

陈抟整日企盼朝廷的聘任和科考,学业在企盼中飞速提升。而昭宗在李克用、朱温、李茂贞等人的眼中成为"挟天子以令天下"的宠物被抢来夺去,陈抟的理想实现无日。

真源令陈岊想招兵聚众东山再起,为死去的黄巢报

陈抟出言惊宰辅

仇雪恨，待机诛杀朱温。他命允生招来柱子和杠头为都头，聘陈抟参务军机，陈抟不受。

894年正月十五，真源太清宫前高搭灯棚，各家各户悬灯结彩。四乡百姓和县城商户及县衙人等齐聚曲仁里观灯，猜灯谜。从三岁到十三四岁的孩子各挑花灯参加自由式的比赛。四岁的陈义和五岁的陈仁挑着爷爷扎的蛤蟆灯和宝鸡灯引来多人的围观。这时，北边突然起火，火舌吐向夜空，映得四周房舍和树木闪闪发亮。

宫前顿时大乱，火光吸引着人的眼球。挑灯的孩子随人流乱跑，有四个汉子盯着仁、义二兄弟。有两人急步来到仁、义身后，抱起孩子跑出人群，向西南而去。抱陈仁的人在后，陈仁发现抱弟弟的人不认识，就大叫起来。四人忙停下脚步，向孩子口中塞布，把人捆绑结实，然后向西跑去。

陈德发现火光从仓房升起，十分惊慌。允生与十多名衙役也参与救火，火扑灭后，才发现两个孩子不见了。陈抟感到起火与偷孩子有关，便和允生商量，把自己、陈搏、柱子、杠头和十五个衙役分成六拨，分头去找。

一华、媛秋发疯般地哭叫，陈德和素莲如癫似傻。寒春用泪眼看看姐姐，又回头看娘素莲，她发现娘倚靠的门框上有张纸条。她忙去揭下，递给陈德。陈德回屋在灯下一看，见上面写着："陈抟，拿一百两银子，明晚一更独自送到生铁冢南二里柏树林子里，过期不送，就到涡水中去捞两位公子吧！"

饿民放火抢妇子
县令分兵马劫贼
陈抟拥城父
逃刘备
小玄德
走奶粥
中幸生阳妻
於祝的月是
势必齐生
约文元方
史讳散人
玄劲居士
重版末

元宵观灯失娇儿

陈德去县衙找陈炅。陈炅看了纸条沉思一会儿说:"他们是要钱,为保孩子,我们给他。你能凑够吗?"陈德说:"我有五十两。"陈炅说:"我加五十两。"陈德说:"陈抟去追贼人了,不一定回得来。"陈炅说:"他若回不来,你去!"

陈抟、陈搏与县衙李尚向东寻找。第二天早饭后他们在城父街上逛游。一个须发蓬乱的老人拦着陈搏说:"陈先生……"陈搏忙行礼说:"大伯,你怎么认识我呀?"老人说:"我在你商铺前多次喝你的小米粥,认识你的。你不停地瞅东望西,在找什么呀?"

陈搏小声告诉老人说:"我家俩小孩在昨晚被人偷走……"老人摆手示意。他领陈搏进入小巷,在两间破草房中对陈搏说:"昨天,我邻居刘祖新来找我儿小申,后来小申回来,我问他,说是去曲仁里抬票索银。我问他落点,他说开商铺的。我说,江湖人杀富济贫,不扰善人,咱不去。他说,只要银子不伤人!并说祖新懂江湖!我说'咱不去!'我儿没去。"

陈搏说:"大伯,他家都有什么人?"老人说:"有爹有娘,有老婆孩子。我和他爹都喝过你的粥,俺二人从没忘你的好!"陈搏说:"咱能到他家见见他爹吗?"老人迟疑一会儿说:"我去不合适,你去,好话多说,保证他儿子的安全,他会帮你的。"陈搏问:"他家住在哪?"老人说:"这一带是穷人堆,他家房舍较好一些,在东边,与我家相隔五家。"陈搏送铜钱一串作别。

弟兄寻儿在城父

第十三回

英雄悔恨失教子
陈抟以德感祖孙

陈抟听完哥的叙述，沉思片刻，已成竹在胸。他们在商店备买果品后走进刘祖新的家内。刘父、刘母一眼便认出陈抟，忙让座奉茶，如待贵宾。刘父说："你是世上难找的善人，怎么舍福下顾呀？"陈抟说："听人传老伯年轻时，行侠仗义，杀富济贫，年逾古稀，隐居陋巷，学颜回处世，令晚辈敬仰，特奉菲薄，聊表寸心！"

刘父说："谢谢陈先生的夸奖。陈先生远道而来，必有要事，请直言相告，有用老朽之处，一定帮忙。"陈抟说："不瞒老伯相问，窃闻老伯大名，特求老伯相助。"老人略有所悟，顿时脸红，说："请讲，何事？"陈抟说："我家两个孩子，昨天观灯不幸走失，听人说是贵公子刘祖新拾去，想请大伯帮忙。"

刘父久闯江湖，已知其意。此忙不帮，若告到官府，后患无穷，便说："如果是犬子拾得，我一定帮忙索回。但我只有此不肖之子，全靠他养老护小，望和气了事，不可相伤。"陈抟忙施礼说："在下陈抟以老庄为师，尊道贵德，深知你家痛苦，又是行侠仗义之人，怎能有加害之意？有食言处，天地不容！"

老人听陈抟侃侃而谈，便问："这位公子莫非是传说中的陈抟才子吗？"陈抟说："传言过誉，在下称不上才子！"老人说："传言你是老子第二呢！"陈抟脸红耳赤说："实不敢当，实不敢当！"

一个九岁的孩子从里间来到陈抟面前望着他说："您就是诗人陈抟叔叔哇！"陈抟等惊奇地看着孩子。陈抟手抚孩子说："你怎知我会写诗呢？"孩子说："老师教我们一首诗，说是你写的。"陈抟说："什么诗，念念我听听。"

孩子念道：

寒窗铁砚欲磨穿，战事狼烟紧相连。
忍看神州祭庶泪，思挥利刃斩雄顽！

陈抟说："我初学乍练，写的诗无可学处。你应多背李白、杜甫的诗为好。"孩子说："陈叔，你的诗好，老师说你的诗和李杜他们的，难分高下！"陈抟惊诧地看着孩子问："你叫啥？"孩子说："我爱喝酒，爷爷叫我刘玲。"

英雄海恨生孝子
陈抟以德感祖孙
辛卯春月王阪溪

陈抟德行感祖孙

陈抟说:"好,刘玲,我喜欢你,今天到我家去吧!我家有太清宫、老君台,还有酿酒坊,酿的酒足够你喝的!"孩子高兴地抱着陈抟说:"好,我去,我去。"

老人见孙子要去,便顺口说:"好,爷爷同你去。"

陈抟雇辆马车,让祖孙坐上一同往真源来。路上陈抟与老人交谈,得知老人叫刘群,曾在唐僖宗乾符五年(878年)二月黄巢攻亳州时参加义军,转战疆场。于884年六月随军在中牟北渡河时,遭李克用袭击,中箭坠河,被渔人救出,伤愈后,得知黄巢全军覆没,他只好回老家城父。

陈抟说:"大伯,你认识陈昗吗?"老人眼睛一亮,问:"你认识陈昗?"陈抟说:"他是真源县令,与在下还沾点亲呢!"老人说:"太好了!我们在军中共事两年,后来他调往朱温处,就没见过面。听说他死心塌地襄助朱温,就……"陈抟说:"他并没真心相助朱温。他时刻想着杀朱温,以雪冤恨!"老人说:"是我错怪他了。"

车到曲仁里,经陈抟介绍,陈德喜出望外,以上宾之礼接待祖孙二人。陈抟到县衙去见陈昗。二人认真研究,作出了一套方案。当晚,陈抟与祖孙二人乘车来到生铁家预约地点,从车上拿下两把椅子、一个茶几,让老人坐下吃茶。茶几上还摆有百两白银。小刘玲在陈抟跟前,盼望着父亲的出现。久等不见对方露面。陈抟点亮灯,又点火把交给刘玲。刘玲耍着火把喊叫着爹爹,清嫩的喊声在漫野和柏林中回响。

一个汉子从林中向外窥视，夜色中他见小刘玲摇着火把喊叫着爹爹。马车前有二人坐在桌旁。他说："对面可是陈抟？"陈抟说："我是陈抟。"这人问："你可是不想回票啦？"陈抟说："特为回票而来。百两银子在这放着，随时可人银交换。"汉子说："别耍招，老子久经沙场，你不交银的迹象十分明显！还巧言遮掩什么？"

老人听口音辨认出来是儿子的同伙棱子，站起身，气愤地说："棱子，叫你哥出来，看看我是谁？"棱子走出柏林仔细一看，有些吃惊地说："好哇，陈抟，你想以大伯……""棱叔，快叫我爹来，我想他了！"老人说："我是怎样告诫你们的，杀富济贫，保护善人。你们反把积德行善的人家的孩子抢了，房子烧了，你们还是人吗？禽兽不如！快把两个孩子送过来，不然的话，我和你们永远断绝关系！"

棱子说："大伯，别生气，我们只是要点银子养活老小，没想伤孩子。我就去喊大哥。"老人说："快点，我等急了！"棱子拱手唯诺而去。一个时辰过去了，祖新在前，三人在后，背着孩子见了老人，放下孩子。仁、义扑向陈抟大哭。四条汉子跪在老人面前。老人举手狠狠地给了祖新两巴掌，另外三人每人各赏一巴掌，说："陈家是我的恩人，在我寻你们不见、快饿死的时候，喝了他家的粥才得苟活。"刘祖新说："爹，我错了，我们向陈抟认罪。"四人向陈抟叩头。陈抟说："快请起，我承担不起。一路上，

棱子林内探虚实

老汉打儿泄羞愤

听老人家说他曾随黄巢为解救劳苦大众南北转战,战功赫赫。这次能遇上英雄后代,也是我的荣幸。"四人齐说:"惭愧,惭愧!对不起了!"陈抟转问老人,说:"大伯,我今天领您和各兄弟去会见您多年不见的战斗中的老友。"老人应答:"好哇!"

第十四回

嗣源聆教师陈抟
凌霄赠诗恋睡仙

来到县衙门口，四人不敢迈步。老人说："走吧！去见你陈叔。"四人相随直到后堂。陈抟闻声出堂迎接，二位老友并未施礼便拥抱而泣，刘祖新等人在呆呆望着。陈抟说："老哥，没想到还能见面！"刘群说："不肖的畜生惹老弟受惊了！"陈抟说："我理解，人相食的年月，此事难免。况侄子没伤人之意，既往不咎！"四人一齐跪下叩头，向陈抟致谢。陈抟见四条汉子，年龄三十上下，衣服虽破烂，却有几分英气，说："你们可愿洗心革面，在衙内当差？"四人跪下说："愿意！"

这时，李允生和两个衙役从外面走来，陈抟忙迎出来说："大哥，你们受苦了！"允生说："哎！劳而无功！"仁、义两个孩子跑来抱着允生喊："大舅！大舅！"允生惊喜地俯身抚摸着两孩子。陈抟忙把救孩子的经过讲了一遍，把刘祖新等四位唤出，介绍他们相互认识。允生握住刘祖新的手说："好哇！欢迎你们！"刘祖新说："今后在李大人麾下，愿效犬马之劳。"允生说："咱都是穷苦出身，不须客气，有要求就说，见不足就提。"

当晚，设宴尽欢。陈抟告别县令，与老人和三个孩子回曲仁里。

刘群老人与孙子住了三天，非要回去。陈德为老人准备小麦、杂粮五百斤，银二十两，命陈抟和杠头驾车送老人回城父。

陈抟在返回路上见余雪片片，露出的不是麦苗，而是堆堆尸骨，吟诗曰：

> 栋梁不正殿堂倾，沃野征战仓廪穷。
> 忍看饿殍载旷野，默祈圣主救苍生。

陈抟诗兴未尽，忽听马蹄声响，亳州方向烟尘翻滚，如疾风暴雨迎面而来。陈抟让杠头拉马向右，翻越田埂，已被二马挡住。

陈抟拱手说："二位将军，我们是平民百姓，让我们过去吧。"马上人说："平民百姓？有你们这样的平民百姓吗？分明是朱温治下的小卒。"陈抟意识到这是李克用的沙陀兵，忙说："这里为朱温贼兵盘踞，我们常受他们的欺侮，并不是他的顺民。"将军说："好，不是敌人，便是朋友，走，去见少帅。"

陈抟二人在二马中间移动脚步，来见少帅。但见这位少帅，年龄在三十岁左右，剑眉入鬓，虎目如铃，眼窝深陷，面色微黄，虎背熊腰，四肢粗长，金盔金甲，悬剑提戟，威风八面，不言而威。陈抟料定他就是独眼龙李鸦儿（李克用）的儿子李存勖。他拉杠头进前行礼，说："在下真源人陈抟和义弟杠头叩见少帅，诚祝少帅逢战必胜！"李存勖看这两位年轻人，一位俊秀文雅，一位剽悍慑人，心生惜才之意。说："你们倒有良民之像，就留军中听用吧！"陈抟不敢违抗，拉着杠头叩头致谢。李存勖忙让其弟李嗣源给陈抟二人发服装及兵器。李嗣源对二位以礼相待。服装按将军级发配。当晚驻于涡阳东天静宫。

天静宫始建于唐玄宗时代，是涡阳令应召建设的祭老场所。当时全国各州府县均建庙祭唐王的先祖老子。在唐僖宗之前，这里有道人五位，进入僖宗时代，天下大乱，庙宇失修，道人还俗。而今只有残破的三间大殿，老子像风蚀斑驳，神韵尽失。

李存勖与李嗣源在李老君像前认亲祈祷后，召集部将李克宁、李嗣昭、李嗣源商议趁夜劫朱温营寨。朱温初收降将郭璠，追剿李存勖，由宋州枣子集（今鹿邑枣集镇）追至涡阳，见天色将晚，便在涡阳城外扎营。涡阳令为讨好朱温，便请郭璠进衙赴宴。郭璠与李存勖在杞县和枣子集交战，两战皆胜，便以为李存勖是庸人一个，胜他如探囊取物，副将劝郭璠莫去涡阳赴宴，他竟拂袖而去。

郭璠在衙内开怀畅饮，并将他的多次战功添枝加叶向县令尽情炫耀。当县令与县丞、县尉为他鼓掌时，忽听南城外，喊杀连天，火光四起。他推翻酒桌，大骂县令是李存勖的帮凶，举刀杀死县令，县丞与县尉逃跑。他无心追赶县丞、县尉，跨马出城，见营内晋军在李存勖的指挥下正追杀梁军，在存放军需的营寨前，李嗣源指挥军卒搬运粮草。郭璠不敢营救，拔马向汴州逃去。

陈抟和杠头也参加了抢夺军需的战斗。一位年轻的兵卒始终不离陈抟左右，与陈抟相随搬粮运草。夜间军卒们和衣枕戈，他紧挨着陈抟而眠。第二天，全军召开庆功会。会上李存勖的身旁站着三位夫人，最年轻的三夫人老盯着陈抟。当陈抟的眼光与三夫人的眼光碰在一起时，陈抟惊出一身冷汗，忙低下头来，心惊肉跳，预感到随时而至的杀身之祸。他本想等待时机，逃回老家，但他现在感到逃出虎口刻不容缓。

这个常随陈抟的后生叫刘乔润，是李存勖围剿黄巢时抓到的。李存勖见这小伙子年轻秀气，便将他留在身边当仆人使唤，给自己和三位夫人提茶送水，不离左右。李存勖忙着在涡阳县衙敛财掠物，还准备在此整肃队伍，很少和夫人们相会。三夫人借机写信让刘乔润趁无人时暗中转给陈抟。陈抟展开看时，见信上题诗一首曰：

凌霄令乔润传书

久慕诗名动寸心，梦中常见图南君。
平生渴望巫山会，情老蟾宫伴白云。

诗后又缀小字曰：

妾本宋州县令女，被逼流落沙陀门。
上天若怜薄命女，除却巫山不是云。
　　　　　　　　杨凌霄上

陈抟看后，不知怎样回答。想了想在信后写道：

山野村夫亡命魂，不求折桂惹天尊。
崇宫魏阙息身处，富贵荣华当胜贫。

陈抟不落名姓，托刘乔润暗转杨凌霄。乔润刚走，李嗣源让人来传陈抟。

李嗣源久闻陈抟才名，幸喜于涡阳巧遇。他想，可能是苍天注定我命在九五，祖先老君派陈抟助我。他面向殿中斑驳的老子像许愿："先祖在上，李嗣源向您立誓：保我位登九五时，给您重修庙宇，再塑金身。"他许过愿转身，陈抟已站在他身后。

李嗣源请陈抟落座后，说："陈先生，闻听人言你能诗善画，精通《周易》，善知吉凶祸福，洞察今生未来。

故特向您请教：当今天子，大权旁落，宦官与朝臣明争暗斗，天下群雄四起，藩镇割据。我父晋王为唐王奋战一生，终无大成，反受唐王猜忌，并受朱温等辈排挤，其后果令小可担忧，请先生不吝赐教。"

陈抟说："承蒙将军不耻下问，令小生汗颜。在下实属凡夫俗子，不能洞察古今，更不能预测祸福。只因生性爱钻古董，拾人牙慧，自欺欺人而已！"李嗣源说："先生过谦了。在下诚心求教，绝无猜疑试探之意，望先生开诚布公，评论天下，以慰我多年仰慕之情。"

陈抟拱手谢曰："将军谦恭，再三下问，令小可汗颜，使我想起孔夫子师项橐，也想到先王太宗以魏徵为镜，汉高祖敬酒徒为师。由此可见，成大事者，无不谦卑居下；败事亡国者，无不自以为是，傲慢居上者也。将军如此谦慈，礼贤居下，必将令天下立国栋梁之才，通古达今之士归服麾下，横扫群雄，荣登九五！"李嗣源兴奋地站起拱手相谢说："先生之言，醍醐灌顶，振聋发聩！先生您看天下群雄，谁可……"这时刘乔润进帐说："少帅请将军赴宴！"

李嗣源只得与陈抟作别，去参加李存勖的庆功宴。陈抟返回营帐，刘乔润受三夫人指派，端酒菜过来说："少帅赐酒，望二位大哥开怀畅饮！"刘乔润走出帐外，听不爱吭声的杠头说："两天没喝酒，真想它呀！"陈抟叹一声，刘乔润再听时，却没下文，也没听到斟酒的声音。刘乔润

陈抟披衣换军服 嗣源慕才问方略
辛巳阳春画于银沙舟望南元方画皈来

李嗣源问政　陈抟坦诚直言

探头向帐中窥视,见陈抟、杠头在以眼说话,他猜想,这两个人是想……这时陈抟站起,向士卒们说:"少帅赐酒,都来喝几杯解乏。"这时,杨凌霄在喊乔润,他忙回身去见凌霄。他把自己的猜想告诉凌霄,凌霄瞪他一眼说:"胡说什么!快拿酒来!"

陈抟深夜离险地
凌霄相随出牢笼

凌霄在酒席筵前,无心饮酒,推脱说自己身体不适,退席而出,坐在灯下,暗想刘乔润的话的准确性。她反复思考,断定今晚陈抟必定出逃。她若随陈抟而去,必定留祸陈抟,连累其一家。她前思后想便拿笔写道:"我衷心喜爱的少帅,妾思念爹娘,多次相求返乡探望二老,没有获准,今趁您入睡,私自返乡。半月后再寻少帅,望谅解。妾:凌霄奉上。"写后,她焦急地盼着出逃时机的到来。

三更时分,酩酊大醉的李存勖回来,倒头便睡。凌霄找到一月前存放的男装,换上之后,走出庙门见陈抟和杠头从马棚骑马而出。她蹑足潜踪,牵出她常骑的白马,飞身而上,见把门军卒在睡,她催马出营,去追陈抟。

陈抟听后面马蹄声响,回头看时,见一马飞来,马上

久闻诗名未谋面
今见尊容动真情
以躬托心君勿见
南杨早已面泛红
辛巳阳春王雁东

第十五回

凌霄夜幕看陈抟

人娇声道:"陈抟大哥莫慌,我是赠诗笺的凌霄。"陈抟吃惊地说:"姑娘,你还是回去为好,免遭杀身之祸!"凌霄说:"我留言给少帅,回乡探亲,他追回我也不怕。"陈抟还想说什么,杠头回头喊他们快走。

他们在小涧勒马转向,往西奔跑。到张村铺天色发亮,陈抟认为已脱险境,三人进店用餐。饭后来到一处密林下马,看四处无人,走进密林深处,陈抟说:"凌霄小姐,我想你随我们同时出逃,少帅一定怀疑你被我所骗。他现在就会派人追寻我们。即使今天找不到我们,日后他们有机会还会到真源找你。你不如先回你家,瞧看父母,然后再返军中,以免杀身之祸。"

凌霄说:"我家祖居柘城县胡襄城。父亲在宋州府(今商丘南)民权县任职,因涉于'朋党之争'被革职回家。我从小受父严教,爱读书赋诗。在唐僖宗中和四年(884年),李克用追黄巢至杞县,我在姥姥家被李存勖掠来,苟且偷生至今。思念父母,早想脱离虎口而苦于不得时机,今随两位哥哥逃出,我是不会回去的。只要陈大哥不嫌,我就终身为奴为仆,侍候大哥。"陈抟说:"对姑娘的遭遇深感痛心,只是家中已有贤妻与儿子……"凌霄说:"我不会与嫂子争风吃醋。我甘当丫鬟,侍候一家老小。"

陈抟再也想不出应对的话来。杠头说:"陈抟哥,答应了吧!她是多么好的姑娘呀!"陈抟说:"我把你当作妹妹,瞅机会送你回家。"凌霄无言,三人默默地走出密林,

陈抟源疲离珍妃
凌霄相随出宰笼
辛丑阳春六泣
南文元方画版乐

凌霄拍马追陈抟

陈抟劝凌霄返军营

上马向西北而去。

李存勖吃酒过量,见床就睡,天亮才发现凌霄不在。他连叫几声,不见回应,大夫人和二夫人去找,到处不见凌霄。

李嗣源因昨晚没能和陈抟尽兴畅谈,天明便去找陈抟,他发现其他兵丁还在睡,陈抟与杠头却不见了。他叫醒刘乔润质问,刘回答"不知道",他料定陈抟和杠头逃跑了。他去见李存勖,李存勖正在看凌霄留言,听李嗣源说陈抟跑了,他大叫:"快备马去追!"

李存勖带九人各骑快马往真源追来,在距亳州十五里的地方,朱温率军十五万来寻李存勖决战。李存勖见旌旗蔽日,知敌军甚众,以十人之力,对抗百倍于己的敌军岂不是枉送性命?他立马返回原地,整肃军容,准备战斗。他意识到陈抟、凌霄遇见如此众多的敌人,必遭残杀,他的夺妻之恨随着激战的到来慢慢消散了。

陈抟等三人走到岳坊。穿小道,住偏村,当晚来到李兴集,遇路人传说,李存勖在涡阳与朱温激战一天一夜,李存勖撤军西去长安,朱温返回汴州,战后留下污血遍地,死尸被兵当粮抢走。陈抟等听说沙陀军西去长安,心情轻松了许多。

凌霄抱着必死之心,随陈抟出逃,死亡之神始终相随,今日危险已去,担心又来。陈抟是她的诗坛偶像,和他相伴终生是她多年的梦想,当她想到陈抟说他已有妻儿在堂时,她的心又坠入冰渊。"我虽属残花败柳,但也是名门闺秀,能委身人下当奴做仆?"她和衣躺在小店的床上,听着杠头如雷般的鼾声难以入睡,她猜不透陈抟在想什么。

陈抟躺在床上,辗转不停。他在为凌霄的遭遇和未来作难,抛开她,她在这兵荒马乱的岁月里,将重新陷入魔网,遭受强人的欺凌!带她回家,怎样面对善良美丽的妻子?朦胧中见妻子一华发疯似的向他走来,双目喷火,说他不知廉耻,忘恩负义。又见凌霄在一旁痛哭,父亲手抡大棍向他打来。他"啊呀"一声醒来。

凌霄的思绪被陈抟的声音打断。杠头的鼾声也停止了,房间里出现一种沉闷的静寂。不久,笃静中的杠头又发出了鼾声,陈抟又进入沉思,他担心沙陀军西去长安,如路过真源……听到凌霄的哭泣声,他更为她揪心!

李兴集在真源南六十里,陈抟决定在此稍停半天,打听一下沙陀军的动向。中午饭后,他们在街上见行人从北而来,经打听得知李存勖率军于昨晚从王皮溜南五里处,急速向陈州方向挺进。凌霄还想问李存勖的后军情况,见行人火烧火燎的样子,没敢开口,她在担心陈抟家中人等的安全!杠头心系亲人,策马加鞭,向真源奔驰而去。

第十六回

亲人突遭杀身祸
凌霄巧计除恶魔

陈抟与凌霄在后紧紧追赶。当天傍晚来到隐山,听号啕的哭声从陈家商铺传出。陈抟料到大难降临,拍马来到商铺门外。见门已闭,哭声从杨媛秋和小兰两家传出。陈抟与凌霄牵马走进杨家院内,看到堂屋内哥嫂二人和侄儿陈仁伏地大哭,陈抟双腿打战,跪行屋内,见满身血迹的父母仰卧在床上,他一声哭晕过去,凌霄马上去掐人中抢救。

杠头听到小兰的哭声,忙牵马进院,见小兰和儿子小信在哭岳母。他含泪问小兰怎么回事。小兰说:"上午店内来几个当兵的,贼眉鼠眼地看我,我担心他们不怀好意,就离开店铺回家,让娘去商铺照顾生意。我正准备做饭,听铺子里传出惊人哭声,我忙去商铺,见兵卒拉着被捆的一华和寒春,拿着果品从商铺走出,最后两人提着滴血的大刀走出商铺骑马向西而去。"

杠头听后起身拉马便走，小兰与儿子的哭喊他似乎从没听见。他走进媛秋的堂屋，看了看床上的尸体和痛哭的亲人，然后手拉凌霄走出屋外，一言不吭上马往西就走。凌霄知杠头有不爱言语的毛病，也理解他的意思，当即骑马去追杠头。

凌霄的马刚跑出曲仁里，听后面有人喊："凌霄姐！我是乔润，我来找你了！"凌霄听出是她的"义弟"叫她，忙勒马回头看，当即下马，去见乔润。乔润知凌霄随陈抟出逃，可他因年轻贪睡误了机会。第二天朱温军和沙陀军血战时，他借机骑马逃出，专等沙陀军走后再来曲仁里寻找凌霄与陈抟。今晚他来到曲仁里，却见杠头飞马西去，后跟的白马他认识，他断定是凌霄，便边追边喊。

凌霄说："陈抟爹娘被沙陀后军所害，咱们去杀敌人。"二人上马去追杠头。在武平城东面的村庄前，见杠头正和一人说话，二人近前下马。杠头见乔润随凌霄一同到来，忙向凌霄、乔润介绍："这是真源都头柱子哥……"转身向柱子说："柱子哥，这是凌霄和乔润小弟，是我和陈抟哥在沙陀军营交的朋友。"相互认识之后，柱子领着三人进入一个破窑洞，洞外有二十个衙役闲聊，洞内有允生和刘祖新等七人。众人见柱子领杠头等三人进来，忙站起来。杠头对双方进行介绍，说到凌霄是位女流时，大家有些吃惊。

他们一同研究今晚的救人方案。从允生的言语中，凌霄方知要救的人有陈抟的夫人一华和柱子的夫人寒春。允生说:"这伙抢人杀人的不是李存勖的主力军,是殿军。他们的头叫孟远,仅一百二十人,但我们还不足三十人,敌我悬殊甚大,所以我们只能智取,不能硬拼。大家都说说怎样打才好?"大家七嘴八舌乱说一阵。

凌霄说:"他们的情况我十分了解,孟远原是荆州'留后'(待任刺史),后因不满朱温不让他升迁刺史,便暗捉监军去投李克用,李克用让他在其子李存勖手下做参军。李存勖对他猜忌重重,每次打仗都让他领百人断后,他暗藏私愤。一日见我眼含热泪,认为我与他是同病同心,暗中写信给我,说他如何爱我,约我一同逃离,去投董昌,我没理他。为了取得我对他的好感,他让与我同被掠入军中的表弟李凌云当他的副将。今晚我想……便可杀掉凶手,救出亲人。"

大家按凌霄的话认真研究,一致认为可行,便按计划分工,各自准备。第二天早饭后,乔润怀揣凌霄的亲笔信去找李凌云和孟远。孟远的军营扎在武平城西北四里处的梨园内。乔润在营帐前见把门卫兵,卫兵认识乔润。乔润说:"请把李凌云将军唤出,我有特殊军情相告。"卫兵按刘乔润的吩咐去找李凌云。

乔润见了李凌云,把信交给他。他看后,暗自庆幸表姐的到来,他按凌霄的吩咐,陪乔润去见孟远。

孟远自弃朱温投李克用后,在李存勖的眼皮子底下任

为救二女凌霄献计

其驱使，每次败仗都让他率百人当挡箭牌殿后，面对劲敌的穷追猛打，他死里逃生，还遭李存勖的责骂，简直生不如死。最为痛心的是在投李克用之时，两位妻子惨死在朱温刀下，他痛恨自己有眼无珠，错投于李克用。在杞县是他发现了杨凌霄，是他战胜了李凌云和杨凌霄。他对凌霄如获天仙，可凌霄却被李存勖强行霸占。他无时不想凌霄，但他不敢接近凌霄。这次断后，他听说真源是唐王祖庭，李存勖认老子为先祖，不敢践踏圣地，各道节度使更不敢骚扰曲仁里。孟远则反其规而行之，我偏要来违圣规，看你姓李的能奈我何？他在陈德商铺发现了一华和寒春，便令人去抢。不料一华和寒春出手不凡，十几个兵丁战不过两个女的，他命群卒齐上，终于将一华、寒春上绑，陈德、素莲、小兰娘举棍棒去打，被孟远一一杀死。

　　孟远按少帅吩咐，率部下在距大营十里处的梨园扎营。他正在想着怎样制服一华和寒春，李凌云领着乔润进来了。乔润送上信束，他一看是杨凌霄献媚来投，喜出望外。他问："凌霄姑娘现在何处？"乔润说："现在营外等候。"他立即起身去迎凌霄。虽然凌霄一身男装，但他从身材和面相也能辨认出她就是自己的梦中情人。孟远毫不避嫌，拉着凌霄向帐内走去。很多兵卒都认出来人是五天前逃出军营的三夫人，都在暗中窃窃私语。

　　孟远、凌霄一同来到帐内。孟远命人加强警戒，不许外人走近。孟远此时心情甚好，双目盯着凌霄，期盼凌霄

孟远、凌霄携手进帐

向他发号施令。凌霄二目含情,望着孟远说:"自见你的信函之后,夜不能眠,盼望着你逃离的日子。可你按兵不动,我便想先逃出去,在外相等。五天前见全营酗酒,机会难得,便独自逃出,在外寻找机会。几天来我恨你不知我心,我恨你不逃出找我,让我在外遭受风霜之苦。"凌霄捂着脸假装抽泣。

孟远忙安慰凌霄一番,以征求的口吻说:"你看咱啥时动身?"凌霄怒目瞪着孟远说:"啥时动身!还等到猴年马月?现在就走!你马上把心腹爱将叫来,商议如何去投义胜节度使董昌!"孟远说:"我马上去吩咐。"

孟远领冯续、马环、李凌云进入帐内。孟远说:"今天杨夫人光临,有要事和大家商议,现请杨夫人训话!"凌霄说:"近日朱温欲攻天平节度使朱瑄,晋王李克用调兵选将去援朱瑄,李存勖西去就是去天平。大家知道,目前朱温日盛,我们十战九败,死伤惨重。孟将军为了保障弟兄安全,决定去义胜投奔董昌节度使。目下董昌兵强马壮,日后必将取唐王以代之。我知道弟兄们跟随孟将军多年,生死与共,友情深厚,是会与孟将军弃暗投明的。"三位同声道:"愿随大哥!"

凌霄说:"好!我的身世,大家明白,我和孟将军意气相投,久有委身之意。今天我愿随孟将军投诚董昌,以求平步青云!"大家齐声说:"好!"凌霄说:"义胜远在江南,如领百人前往,李存勖回兵追赶,我们以百人之力对数百万人之众，很难脱险。即使李存勖不追，路上难免遇州县之阻。我考虑再三，我们只有不带兵丁，携带金银细软，扮成商人，便可安全到达义胜。"众人齐说好！凌霄说："你们回去把应带的物品系于马上，来此相聚，准备出发。"

三人走后，凌霄安排孟远应如何如何。孟远立即唤来军曹，说："今天三夫人到此，我们准备在武平城举行欢迎宴会，营中一切由你办理，莫出差错。"军曹走后，凌霄说："听说你在曲仁里还选了两位美女，也带着呗！"孟远说："有仙女相陪，还带她们干什么？"凌霄说："你有人陪，他们三人叫谁陪呀？"孟远忙答："还是你想得周到，带着，带着。"

三人各牵战马在帐外听命。孟远令人把一华和寒春分别横捆在李凌云和自己马上，各牵马匹走出营外，乔润已等候多时，六个人一齐上马向东南跑去。在破窑洞前，被一群自称"东平王朱全忠麾下陈州节度使"的兵马截住，凌霄等六人各拉兵刃，孟远为保护凌霄，立马于凌霄之前，与李凌云并马而立。此时乔润在孟远之后，举剑刺向孟远，孟远倒于马下。冯续举刀去砍乔润，凌霄的剑已刺向冯续。冯续的铁甲挡住了利剑，乔润趁机躲过冯续的大刀。冯续顺势把刀砍向被捆的一华。凌霄对准冯续软肋用剑刺去，乔润的剑也向他胸前刺来。冯续忙架前面的剑锋，软肋却中了一剑。柱子刺倒马环，允生与杠头忙给一华与寒春解开绳子，他们骑上战马，允生领先向陈州方向跑去。

凌霄巧计珠盂远
英雄合力救亲人
辛巳阳春王殿采

乔润握刀刺孟远

情结陈抟远一华
心系陈灵遇睡仙

再说沙陀军营,军曹见三夫人与孟远亲密无间出营而去,便想到孟远叛逃已定。李存勖金屋藏娇,孟远竟敢潜逃并占有少帅之爱,其罪当灭九族。军曹便令一卒暗探孟远的行踪。兵卒跟踪到破窑西,见孟远等被自称"朱全忠陈州节度使"的兵马拦截杀害。他吓得拔腿就跑回营中,向军曹回报。军曹当夜去大营见李存勖。李存勖听说三夫人与孟远私奔,遇朱温遭杀,也算罪有应得。他想了想问:"朱温之军向何方退去?"军曹说:"这个探子没报!"李存勖大骂军曹不会办事。军曹说:"马上回去询问。"军曹立马回到出事地点,见死尸已被人抢走。留下血迹片片,不见人影。军曹见远处一家窗内透出灯光,便敲门去问。一位骨瘦如柴的妇人说:"他们向南去了。"军曹又回见李存勖,说他们向陈州而去!李存勖的疑团消除,当即委任军曹代管后军。李存勖从此断绝了对凌霄的思念。

在悲痛的哭声中,陈搏、陈抟殡埋了父母及舅母。凌霄、乔润与李凌云在丧事中忙里忙外,时刻不停。陈抟、一华、寒春对凌霄的足智多谋、能杀善战十分钦佩和感激。在三位亲人惨遭杀害离世而去的悲酸痛楚的日子里,陈抟在父母坟侧搭草庵守孝,他在悲痛中时常回忆起父母在世时的点点滴滴:父母的一生是劳苦的一生,悲惨的一生。父亲幼时祖母去世,十五岁时祖父被害,家业衰败时,父亲靠坚强的性格、勤劳的双手维持着一家人的生存。他为做好木匠活博得用户满意,常废寝忘食,夜以继日地辛苦劳作,手掌磨血长茧,也舍不得休息片刻!年近半百还为商铺呕心沥血……我已是七尺汉子,父亲仍舍不得让我去帮忙。生时没为他尽孝,受害后没为他亲手报仇……我枉活于世!想到这里,陈抟双手捶胸号啕大哭,一华和凌霄流着热泪劝解。陈抟又想起了母亲:是母亲教我读识字,教我做事做人,一生含辛茹苦,为了儿孙的幸福,费尽心血……想到这里,他悲伤已极,昏厥过去。一华与凌霄忙搀扶喊叫,一个时辰后陈抟才清醒过来。

凌霄为一家人做饭,料理家务。她的勤奋、善解人意更使陈抟一家感到凌霄的可亲可爱。一华的思潮在翻腾着,她看出凌霄对陈抟的爱是那么的细微和含蓄,她心底升起对凌霄莫名的反感,但这种反感在凌霄的勤快、谦和、大

父母遇难肝肠断
坟茔守孝哀思深
辛巳阳春吾玉敬写

陈抟与一华坟头守孝

度中逐渐消失。

凌霄始终不换男装，从不擦油抹粉，而她的清秀端庄更加诱人。一华想，如果她换上锦衣罗裙，配上凤冠秀带，恐怕嫦娥也要逊她三分。一华自惭形秽，越感愧对自己的丈夫。在静寂的深夜，她对陈抟说："你看凌霄咋样？"陈抟故意岔开道："很勤快。"一华说："是很勤快！也很养眼耐看，很容易使人动情！"陈抟说："养眼耐看的人不一定会使人动情。你的意思是我对她动情了？"一华说："你动情与否，我难下定语，我看她对你是情有独钟。"陈抟说："对别人随意猜测，横加指责，似乎不是你的性格。"一华说："我没有诽谤她的意思。我认为她十全十美，是个能配上你的好女人，如果你喜欢她，我绝对希望她陪你一生。"陈抟说："你不吃醋，不后悔，不嫉妒？"一华说："我绝不后悔，更不嫉妒！"陈抟说："这话我相信！但我有我的人格底线！我不会做出对不起老师，对不起你的事！"一华说："这有啥对不起我的，我情愿。你看人家三妻四妾不很正常吗？这真是狗咬行善人，不知好人心！"一华狠吻了他一口。

乔润和凌云常在花前月下谈心，引起一华的怀疑。一日清闲，一华问凌霄："妹妹，你还穿男装干啥，挺难看的，快换了吧。"凌霄说："穿惯了，倒感男装很好，不会被坏人骚扰，引火烧身，行动方便，没啥不好！"一华说："我看不然，你即便身穿男装，也有十分的女人娇媚，就连乔润，也难遮女人的妖娆妩媚。"凌霄说："一华姐，你怎么看出来的？"一华说："她胸前凸起，声腔柔脆，加上与凌云弟的交往，不是很清楚吗？"凌霄感叹道："你真厉害，她在军中，除了我知道她是个少女，别人一直把她当男娃子看待。"凌霄深深感到她的内心已被一华看透。她深爱陈抟，但她不忍心破坏他们的幸福。她向陈抟说："二哥，离家已久，不知父母生活如何，我和凌云、乔润明天就走。"陈抟已看到凌霄眼中滚动的泪花，他知道凌霄为他出逃，为他而智战凶手，为他而在这里忙里忙外……他想不出用什么话安慰她，感激她，眼泪不禁滚落在胸前，双方默默流泪。

在一华、寒春的强留下，凌霄三人住到陈德等三位老人的三七祭日。陈搏大哥为这三位恩人准备了六十两银子，送给他们。

陈抟、一华和小陈义含泪将三人送出村外。小义抱着凌霄不让走，凌霄的感激之泪滴在孩子的脸上。一家人久久地望着凌霄等人的背影不肯离去。一华看陈抟时，已不见他的踪影。一华更感陈抟对凌霄的赤诚挚爱，她后悔没能留住凌霄，深感对不住丈夫！

凌霄走后，陈抟为家族屡遭不幸进行反思。他意识到钱财可以造福，更可惹祸。商铺的兴隆使一家免受饥寒之苦，并可开粥棚救济饥民，但也为陈家引来灾祸。因此他劝哥哥尽量散财行善，缩小经营规模。他也反躬自省，练

不尽豆蔻爱连陈,
宰执涿恩送一程。
辛巳阳春王颖东

送别恩人倍伤心

悲愤中的陈抟

武不成，习文不就，年近而立，一事无成，羞愧之情油然而生。他还想科举入仕，可动荡的时局，唐昭宗已成为朝臣、宦官、藩镇军阀手中的玩物，像球一样被争来抢去。科举多年不第，人事权在宦官、朝臣和朱温、李克用手中转来转去，想到此陈抟心灰意冷。

904年八月，朱温密使其叔朱琮和朱友恭闯入洛阳皇宫杀昭宗，立十一岁的辉王李柷为太子，李柷在枢前即位为哀帝。事后，朱温为推脱谋权篡位之罪，他在昭宗枢前号啕大哭，杀了朱琮和朱友恭。翌年二月，朱温杀昭宗诸王子九人，投尸池中。在汴州建宫室，准备称帝。907年四月，朱温逼哀帝让位，即帝位，国号大梁。三十六岁的陈抟盼唐复兴举第治国的梦想破灭了。

陈晟眼见仇人登基称帝，为自保只得应梁太祖朱温之旨，请陈抟与李允生、柱子、杠头去东都汴梁参加朱温的称帝建国大典。陈抟当时固辞不从，县令再三邀请，只好相随去东都。

在东都开封（朱温登基改汴州为开封府），陈抟看到了霸气十足的朱温和他骄纵如父的二子朱友珪。朱温接受百官朝拜时，朱友珪抢先走在他兄长之前，令百官愕然。陈抟假以县丞的身份紧随县令之后。他预感到大梁寿命不长。返回路上，在小憩的间隙，县令问陈抟："陈公子，朱温立国，天下能日趋太平统一吗？"陈抟说："大梁立国，天下仍被十个王国分割。况且，朱温无信，其子骄横，臣属离心,加之强劲的李克用立国三晋,励精图治,二十年内,必取而代之。"县令深表赞同。

当晚来到杞县,被一家客店的女老板让进店内,她问道:"五位爷,从哪里来,到哪里去?"允生道:"由汴州来,到真源去。"老板娘对客人细看一遍说:"是去为朱温祝贺的吧?"允生笑说:"逛逛京城,看看热闹。"

晚饭后,五人正准备安歇,忽听房外有零乱的脚步声响,五人警觉,抽剑解刀准备战斗。一个洪亮的声音道:"陈炅,我看到你了!出来吧。"县令等五人手持兵刃走了出来。微弱的星光下,站着四个壮汉,县令说:"请问诸位与卑人在何时何地有缘?"一人答曰:"贩私盐同伙,冤句同队,长安同殿!你叛大哥归'猪瘟',至今身居真源县令,不记得死去的大哥,怎能认识我们这些无名小卒呢?"

县令陈炅两眼流泪,丢下手中刀,去抱说话者:"孙熪老兄,你想死为弟了!"孙熪也丢下了刀,二人相抱痛哭。陈炅说:"老兄!冯颍三弟在哪?"冯颍走近二位兄长,说:"二哥!你还没忘了我呀!"陈炅拉着冯颍说:"怎么能忘!我们在冤句相会,意趣相同,姓氏有别,为结异性兄弟,大哥叫孙丙,我二人也改名为丙。我当时提议,我们都有为百姓求生存的火热心肠,应使'火'越烧越旺,照亮这个黑暗的世道,才以三个同音的'熪、炅、颍'作为我们兄弟的名字。"三人又掉下泪来。

旅店遇故人

陈昃说："巢大哥让我去朱温处卧底，朱温已知我是大哥的心腹。当我得知他去投唐，力劝不听，我想回到巢哥身边，巢哥送来密信，让我继续留在朱温处。不料丧心病狂的朱温与李克用合伙攻击巢大哥，致巢大哥自刎……"三人又哭，孙奭说："不堪回首哇！在狼虎谷我们仅剩五人，为救巢大哥，想把敌人引开，我们四个冲出一个缺口，往泰山而去，唉！可恨敌人没把我们放在心上，可叹哇！我们四人没陪大哥一同自刎！"

第十八回

英雄午夜捉张禄
嗣源奉命寻凌霄

冯颖说:"这几年我们四个到处找你,还恐怕你已成'猪瘟'的死党。我们早知道你在真源为令,没敢去见你。几天前听说'猪瘟'登基,召令天下县令参加大庆,我想截杀你,孙大哥要我们去打听一下老百姓的口碑,再去真源县,不料却办了一件大事。"允生上前施礼:"四位大叔,夜风生凉,请到房间用茶,以免着凉。"陈赟说:"对。"陈赟等进入房中坐下,灯光下只见大哥、三弟脸上的皱纹写满沧桑与仇恨。二位中年男子精神饱满,尚有义军时期的豪气。陈赟向四位介绍了允生、陈抟、柱子和杠头。孙騛指着穿土色衣服的汉子说:"大哥麾下的卫丞刘炯,这是巢大哥的军机参赞祝炎。"陈赟拱手连说"久仰",李允生命老板送上好茶与点心,孙騛讲述了六天来的奇遇。

孙旵说的奇遇是两次抢一华的张禄，他和瘦猴、季松等五人逃回开封，想说县令陈抟叛变，杀兵卒，放丁壮，来骗朱温。而朱温相信了陈抟的信函，拒不接见，也不杀他们，想以他来牵制和试探陈抟，自己"隔岸观火"。张禄等人欲投李存勖不成，投王建怕远，只好重作流寇。另外两个小卒认为张禄山穷水尽，暗自离开另求生路。张禄等三人在七天前听说朱温称帝，命治下府县去致贺。他想，如果陈抟离开真源，就在路上截杀，然后去抢心上人一华。

张禄计算一下陈抟的行程，确定三月初二在真源西北十里处等待陈抟。辰时过半，他们在灌木丛的掩护下，发现陈抟五人各骑大马跑来，其中竟有战不过的三个年轻汉子。季松和瘦猴大感失望，张禄却喜形于色。他说："这三个对手走了，我们便可去抢一华。"

张禄他们经过侦探查访，得知陈抟夫人和女儿都住在陈竹园，夜晚一华也来陪她们。三月初四的夜半三更，三人潜入陈抟家内，破门而入，高喊："县令夫人，快起来吧，我们是黑白无常，来请你们去见五殿阎君！"黑暗中，只听抽刀起床声响。张禄等人并不胆怯，但见门窗射入的寒光下，四个高大的身形向他们扑来。

出乎意料的情景，让他们想起在鹿邑的惨败。张禄拔腿就向外跑，二人随后，谁知身后四人紧追。刚出村外，季松已中剑倒地，瘦猴也被上绑。张禄想进竹林，一把飞刀从左肩刺来，他带伤入竹林，丛密的竹子挡住去路。他转身时已被来人按倒在地。

这四条大汉，就是孙昺、冯颖、刘炯和祝炎。他们本来想看看陈抏依附朱温是真是假，进入真源县境听到的是百姓对陈抏的赞颂，在曲仁里又听到陈抏、陈抟智斗朱温爪牙张禄的感人事迹。三人确认陈抏依附朱温是假，唯冯颖尚有存疑不解。

孙昺欲领三位到衙署去见陈抏家属，听执班衙役说县令去开封为朱温致贺。县令夫人随女儿住在陈竹园，他们便来陈竹园。孙昺和冯颖曾在鹿邑陈抏家内见过陈夫人和云燕。在几经生死之后，陈夫人和云燕能见到陈抏故友，心情激动。他们回忆起枪林飞血的往事，伤心难过，泣不成声。

晚上，四位久经战场的英雄听一华讲述两次斗张禄的经过。他们十分佩服陈抟的才智和柱子、杠头等的武功。当晚他们宿在陈抟家，意外地刺杀了季松，活捉了张禄和瘦猴。听孙昺讲完后，陈抏等五人向他们致谢。他们一行九人回到真源，把监押的张禄和瘦猴斩于市曹。

陈抏把孙昺等四人安排到衙内，作为咨议，帮助处理县内一切事务。他们来自农民阶层，吃过苦受过累，经过战争折磨，深知百姓疾苦，理解百姓之心，时刻想着百姓，处处为百姓办事，致上下一心，政通人和，真源县成为战乱中的一片乐土。

境外百姓纷纷向真源涌来，除朝圣祭老的之外，经商

四杰黉夜捉张禄

的集如辐辏，逃荒要饭的成群结队，络绎不绝。陈炅开官仓在四乡设粥棚救济百姓。陈搏在太清宫前继续开设粥棚。陈抟见乞讨者越来越多，他认为，粥棚只能暂时让小部分人不会饿死，非但不能根本解决广大民众的饥饿问题，还会人多为患，导致盗贼趁机入境，危及社会安定。他苦思冥想拯救人民、改变社会的良方。

太祖朱温开平二年（908年）三月，晋王李克用病死，李存勖袭位。李存勖闻凌霄未死，隐居宋州胡襄城，他命李嗣源领军卒五百去宋州找凌霄。

凌霄返回故里，才知父母去世，她在父母墓前祭奠之后，把八十亩田园低价租给乡邻，她到杞县投奔表弟凌云和乔润。听闻李嗣源带兵去故里找她，为不使凌云和乔润受连累，她辞别凌云欲入深山野庙修仙了道。凌云和乔润不想让姐姐一人外出，便弃家同凌霄远走中牟官渡，在凌云的姨表弟崔泳家暂住。

陈抟画传

虎威雄风

李存勖命弟寻凌霄

第十九回

为成帝业谒陈抟
思念前情寻故人

　　李嗣源没找到凌霄,便想到陈抟。四年前与陈抟在涡阳的促膝谈心,虽未尽兴,却经年不忘。为成帝业,他来向陈抟继续求教。他率军扎营于真源城北孙庄(今孙营)白果树旁。他带士兵二人,携重金,骑马来曲仁里拜会陈抟。见面时,陈抟十分吃惊。李嗣源毕恭毕敬,笑容可掬,说:"涡阳巧遇,是吾照顾不周,先生走后,我悔恨不已。今天特来向先生致歉!"陈抟说:"李将军,是小可记挂家中父母,不辞而别,实在对不住将军和少帅!"李嗣源说:"我深知读书人厌兵厌战,不愿入伍是天下文人的风度使然。我羡慕先生的文雅博识,上次会晤,因时间仓促,没能尽兴深谈,遗憾至今!"

　　陈抟说:"多谢将军抬爱,令在下汗颜!"李嗣源说:

李嗣源问政于陈抟

"先生的才华不仅鄙人钦佩,就是兄长也十分称许。在四年前他先怀疑是你携凌霄外逃,后来获悉是孟远所为时,他曾感叹当初盛怒之下,差一点误杀先生。由此我才知王兄十分敬重你。"陈抟说:"请将军代我致谢少帅,不,谢晋王。"李嗣源说:"那是自然,我这次到胡襄城寻找三嫂,王兄还要我专程来曲仁里聘请陈先生到晋州共商国是,不知陈先生可愿前往?"

陈抟说:"请将军代我向晋王谢不恭之罪。在下体弱、胆小,实在不适军旅生涯。"李嗣源说:"我理解陈先生志在学问,想以文治天下。我此来的另一希望是想听陈先生对鄙人今后立身治国平天下有何见解,诚望先生坦诚赐教。"陈抟看推辞无用,便说:"天时不如地利,地利不如人和。当人处低谷寄人篱下时,尤其需要人和;人和之要在于赤诚待人,取信于众,使天下人乐推而不厌时,方可得天下,进而治为尧天舜日!"李嗣源点头称赞。陈抟又引经据典来证明他的"人和"论点,李嗣源心悦诚服地表示感谢。

李嗣源出于职位本能,询问大梁的国运。陈抟分析了大梁政态后指出:"他朱温弑君篡位,其子必仿其父,亲人相残,岂能久乎!"李嗣源问:"真源令陈昃原是朱温部下,政绩如何?"陈抟说:"他是黄巢的亲信,对朱温的背信弃义十分不满。他和我谈起大局趋势,夸赞将军和晋王,久后天下王权必归麾下。"李嗣源大喜。陈抟借机邀李嗣源去真源去见陈抟。

陈炅设盛宴招待李嗣源,宴会上交谈融洽。宴后,陈抟、陈炅送李嗣源至白果树下。陈抟四望不见凌霄,悬着的心放不下来,但又不敢动问。当天夜里一华问陈抟:"李嗣源来咱家有啥事?"陈抟说:"李存勖让他寻找凌霄,顺路来咱家闲聊。"一华说:"他找到凌霄没有?"陈抟说:"不敢多问,他也没说。"一华又担心起凌霄来。

陈抟在梦中见凌霄被李存勖悬梁拷打。凌霄满身是血,双目流泪,一言不发,望着陈抟,陈抟两眼含泪。李存勖举刀杀死凌霄又挥刀向他砍来。他扭身坠入无底深渊。陈抟浑身是汗,颤抖的身躯惊动了熟睡的一华。

天明了,一华说:"我担心凌霄,想去看看她。咱哥说,百货不足想到宋州去进货。他又抽不开身,你去进货,顺便看看凌霄在不在!"陈抟想了想说:"咱俩同去方好,你想她,我又不想她!"一华说:"我想是实话,你不想是瞎话!人家为你而来,你却明着不理人家,暗里却想着人家。"陈抟说:"别胡扯!"一华说:"一点也不胡扯,你昨夜还叫她的名字呢!硬嘴说瞎话,结果信用差!"

陈抟与一华驾车去宋州进货。回来时,在岔道拐弯去胡襄城。这里有唐以来是个繁华的集镇,唐懿宗执政以来,战乱频仍,农商凋敝,这里已无繁华景象,代之而起的是房倒屋塌,乞丐成群。向人打听凌霄时,说她在沙陀军到来之前就远走他乡了!二人庆幸凌霄没遭毒手,扫兴的是

陈抟夫妇为凌霄的母亲舍糖心 辛巳夏于郑州元方

陈抟夫妇思凌霄

未能见到凌霄。陈抟驱车往回赶。刚出胡襄城,一群讨饭花子拦住去路,一华忙拿点心给花子。

这时有三人骑马从对面而来,在陈抟车前勒马站立,一位身着大梁虎头披膊,腹带围护,两个头戴幞巾,内披铁甲,外罩单袍,厉声喝问:"干什么的?"陈抟说:"在下是经商的,家在真源县曲仁里,从宋州购货,顺便瞧瞧一位朋友。"那人说:"分明是晋国的细作,昨天来了一队,今天又来,必有诡计!知时务者,放下车马,滚回晋国,不然的话,叫你们死无葬身之地!"陈抟说:"我们车上全是日用商品,没有兵刃,怎么认定我们是晋国的细作!"

三人各拉刀剑,"狡辩什么,看刀吧!"一华、陈抟忙拉刀抽剑躲避相还,那位上穿虎头披膊的大汉见一华来刺马腿,他双脚齐搋马腹,马腾身一跃,躲过剑锋。大汉回马挥刀直奔一华前胸,大汉反手顺势一刀,将近一华头顶时,一把飞刀击中大汉右臂,大刀落地,一华举剑刺中马腿,马嚎叫一声,向上跃起,大汉跌落马下,一华举剑刺入大汉胸膛,另一汉子举刀来砍一华,一华的剑刚要从大汉胸中抽出时,她的右臂已被砍落。一华回身看时,这汉子被飞刀击中右脑,摔倒在马下。使飞刀的女子来扶一华,一华见是凌霄,张口大哭。陈抟与另一汉子交手,刀被汉子搋飞,多亏乔润和凌云助战,汉子力敌不过,中剑而死。

陈抟等三人来看一华,凌霄为她包扎……因刀从臂直

陈抟夫妇济饥民

一 华受伤凌霄救

下，凌霄以风衣从右向左裹起，血还是不住向外渗出相汇流下。一华从上到下，被血染遍。一华怒目咬牙，汗珠从额上流下，目睹一切的花子在用枣条敲打三具死尸。凌云让凌霄和乔润扶一华上车，飞车向柘城而去。在柘城东关一家药店，为一华重新敷药包扎。一华已在昏迷中，因失血过多，脸色灰黄。路上，大家心中如刀扎般疼痛，陈抟说："倘若没有您三人的到来，我们二人已被这伙强人杀死。我们二人听说沙陀军来找凌霄，沙陀军走后，一华催我到宋州办货，顺便来看看你们。"

凌霄说："我在中牟乡下，听说沙陀军走了，我们过来看看家中情况，无意中遇到这三个强人行凶，我痛恨自己没照顾好一华姐！"陈抟说："你已经尽力了！能杀死那个汉子，也真出我的意料。"

陈抟悲痛思一华
凌霄深情惜情君

陈抟等回到陈竹园,把昏迷中的一华抬到床上。全村人都来看一华,凌云赶车把货送往商铺。陈搏、嫒秋、寒春、小兰、陈仁、陈义惊闻凶信齐来看一华,十六岁的陈义看着失去右臂、血浸全身、双目紧闭、瑟瑟发抖的母亲,眼泪夺眶而出。寒春伏在李一华耳畔轻声叫:"姐姐,姐姐。"全场人含泪看着一华,伤心不止。

允生夫妇、柱子、杠头带着医生走进房来。大伙见挤不下,含泪离去。医生查看伤口,切脉询问之后,沉默不语,开方后走出门来,向陈抟说:"失血过多,又经长途颠簸,很难转危为安。"医生的话让陈抟身冒虚汗,心冷如冰。人们都紧锁双眉,柱子、杠头在向李凌云询问经过。凌霄、乔润、寒春、嫒秋、小兰、云燕围着一华抽泣。

一连四天,一华除饮少量的开水之外,粒米不进。凌霄与乔润、寒春日夜守护,不离左右。陈抟、柱子、杠头、允生四处求医问方也不见好转。第五天的深夜,一华忽睁双眼,喊叫陈抟。陈抟走近床前,她说:"你叫我哥嫂和小义来,我有话说。"允生夫妇恰好今夜在研究一华的医治方案没回县衙,听一华要见他们,就来到床前。一华望望哥嫂,看看小义,又深情地看着凌霄,说:"哥哥、嫂子,凌霄妹妹两次救我,我至死不忘,今后,她就是你们的亲妹妹!小义,她就是你亲娘!二哥,你好好善待凌霄,替我报答她的深情厚谊!"她还想对寒春、乔润说些什么,嘴连张几张,闭上了双眼。全屋人在喊"一华,一华",她却一言不发,含恨离去。

一华走了,带走了人们的欢乐和幸福。十六岁的小义也不上学,闷在屋里哭泣,陈抟也忘了图南鸿猷,饭量骤减。他追忆一华的一生:从同窗到结婚,从理家到生子,从照顾父母到体贴我陈抟,大事小情无可挑剔,皆达极致。在平时,他的心在书上,从没发现一华有这么多的长处,而今,一华的一举一动,一言一行,音容笑貌,全在他脑海里翻腾激荡,挥之不去!他白日无言,夜里抽泣。允生、柱子、杠头邀他散步,他推辞不去。

凌霄对一华的去世悲痛不已,更为陈抟的萎靡不振担心。她找不出劝慰陈抟的言词,只有默默地为陈抟洗衣做饭,端茶送水,无微不至地照顾他。她似乎没见到陈抟正

一病临终
情不尽
身没重
征托凄凉
妻栊跟
汾舟题
王胺画

一 华在昏迷中

陈抟悲痛难释去
凌霄忧愁老棠娘
辛丑阳春拔讹汝舟怪
碧岳斋主夏敬东

陈抟悲痛哭一华　凌霄哀怜恨无筹

眼看过她。她坚持大家闺秀的自矜自持，和衣睡在外间的单人床上，听着陈抟的抽泣和他辗转反侧的声响。她不止一次听到陈抟在梦中呼唤一华的凄苦之声。她被陈抟对一华的赤诚和眷恋感动，回想和李存勖相处的日子里，她得到的不是爱情，而是欺凌和侮辱！她为一华能得到真正的爱情而欣慰。一华姐，你没枉活一世，你生前得到的是真爱，死后得到的是纯真的、高尚的追忆与悼念！我凌霄如能和陈抟相处一年半载，也足慰平生啊！

一华五七之祭后，李凌云和妻子乔润返回杞县。凌霄继续陪伴这位走不出悲痛的陈抟。凌霄除料理家务之外，还到商铺帮助营业，并教仁、义两少年习文练武。

陈抟渐渐走出阴霾，开始对竹写生，挥毫作画。他的墨竹名重一时。有时写字，他的"开张天岸马，奇逸人中龙"，楹联"一片清波飞白鹭，半空紫气下青牛"和"道德真源，犹龙遗迹""福""寿"等墨宝还在全国各地以石刻流传至今。半年后，陈抟开始学习《黄帝内经》《神农本草》《伤寒论》等医学专著，他开始感到在大梁的苛政和十国征伐中，以文治国的理想实现无日。他又想到一华的死，他苦钻苦学三十载，面对死神的降临，却束手无策，如果自己精通医道，便可起死回生，挽救一华！想到此他开始向医学的顶峰攀登，立志不当良相，而当良医。凌霄为配合陈抟的行动，也开始习医。二人从医学中找到了医药、运动与人生健康长寿的结合点。他二人在习医的间歇，

走出悲痛练书画

陈抟誓做良医

又开始练武。由此以来，陈抟走出了悲痛，开始了新的人生。

精诚所至，金石为开。三年后，陈抟、凌霄二人成为方圆百里的名医，求医者络绎不绝。

912年，陈抟、凌霄二人举行婚礼，年近不惑的陈抟与风姿绰约二十八岁的凌霄结为连理。当年侄儿陈仁娶妻，第二年正月，陈抟、凌霄为儿子陈义举办婚礼。

当年四月，凌霄生下一个男孩，大自然为二人送来了爱的结晶，送来了幸福，送来了欢乐！他们为儿子起名陈信。接连的喜事使陈家家业兴旺发达，处处呈现勃勃生机。而大梁的国运正如陈抟预料的那样，即将灭亡。

朱温即位后，荒淫无度，常令儿媳侍寝，911年被其子朱友珪杀死。朱友珪即位后一年，被其弟朱友贞杀死。朱友贞即位，史称末帝。923年三月，李嗣源率沙陀军攻大梁，大梁首将出降。朱温的儿子末帝朱友贞惊恐绝望，令其亲信皇甫麟斩杀其首而亡。（大梁王朝历时17年，三代帝王皆不得善终。）李嗣源顺利占据汴州。

陈昃得知后，命允生去请陈抟，在后堂举行宴会，庆祝叛贼朱温建立的朱氏王朝的覆灭，也庆祝李存勖创建的大唐王朝取得决定性胜利。会后具表降唐。

志同道合成眷侣
习医练试研老庄
辛弃陽医王版朱

合抱之木生於毫末九層
之臺起於累土千里之行
始於足下摘自老子語

陈抟、凌霄成一家

中华门浐子闹长欢
行善积德儿孙宴
辛丑春月王凤岗书

凌霄生子一家喜

考场名落孙山外
归途遇亲杨寨中

925年三月，李存勖称帝三年，选美女三千充后宫，以洛阳为东都，建崇楼避暑，日役万人，费资巨万。时值黄河两岸，旱涝成灾，五谷歉收，库粮不足。群臣进谏停建崇楼，庄宗不允，致使民怨沸腾。心系民生的陈抟夫妇为民担忧。926年四月，郭从谦作乱，李存勖领兵平乱，中流矢而死。李嗣源因受陈抟两次教诲，以诚信仁厚待人，受百官推崇，群臣力劝他即位，而他自称监国，释放宫女，后宫仅留宫女百人，宦官三十人，教坊百人，罢诸道监军（宦官），尽杀于市，在庄宗柩前即帝位，是为明宗，改元天成。在位期间，政通人和，后唐大治。史载："明宗在位，年谷屡丰，兵革罕用，较之五代，粗为小康。"

陈抟看到唐兴国有望，埋没多年的科举入仕梦想又开始复苏。后唐明宗长兴二年（931年）春，陈抟在东都洛阳参加科考，主考官是端明殿学士赵凤，考题是《摄政方略》。陈抟略加思索，便挥毫直书："政者，正也。君正国强，王正臣忠，君俭臣廉，臣廉政通，政通人和，百业隆兴。君视民如子，民敬君如父。故国有贤君，必有良臣，君臣同心，治国理民，四海之内皆为顺天敬君爱国之士也。昔大汉之文景，蜀汉之刘备，大唐之太宗，当今之明宗，皆执政之明君也。明君之治，朝野同心，四海钦服，天下大治矣！若君王昏庸，忠奸不辨，贤愚不分；不理朝政，沉迷酒色，荒淫无度，穷奢极欲；致阉者当道，奸臣横行，盗贼四起，藩镇割据，兵革不息，田园荒芜，饿殍载道，哀鸿四野！岂非夏桀、殷纣、周幽、唐懿僖、朱全忠乎？前车之鉴，岂可忘乎！昔者，齐桓公用管仲，秦始皇任李斯，汉刘邦信萧何，唐太宗听魏徵，乃至君明臣贤，协力同心，方得威加海内，天下归心也！由此可知，君明臣贤者，无不是任人唯贤，以能是用，唯贤方取也！此外，以道施政，以德理民，轻赋减役，兴农惠民。欲上先下，善下方王：无为而治，以民为本，不扰烝民，以百姓立心，此固基立本之要也！严明法纪，恢恢若网，执法从严，敢犯必究，此护国维政者必守之则也！至于老子之言：民不畏威，民不畏死，不可以死而逼之等，亦治国理政之必须牢记坚守之圭臬也。只有明君、贤臣才能彻悟而奉行不怠者也！……"

陈抟率先交卷，走出考场，引起主考赵凤的注意。他细阅考卷，拍案叫绝。在评选结束之后，他确定陈抟应名列榜首。为求得中书侍郎平章事冯道的认可，便请冯道拍案定夺。冯道早闻陈抟才华出众，今天看卷之后，深感陈抟名不虚传，若让其入仕，朝堂之上便显不出他冯道，更担心他的伪装会被陈抟看穿！他便下定决心阻止陈抟入仕！他吹毛求疵，断章取义，说："此人狂妄自大，言论偏激，竟敢将先王懿宗、僖宗与夏桀、殷纣相提并论，其乃大逆不道之徒！明宗圣主至孝，岂容此有污先祖之徒入仕为官？万万不可录用！"冯道一席话让赵凤出一身冷汗，忙说："冯大人所言极是，卑职一定照办。"

发榜之日，应试的举子们都来看榜，只见得中者如疯似癫，趾高气扬，以不可一世的眼神望着那些名落孙山、垂头丧气、放声痛嚎的考生们。陈抟信心十足地来到皇榜之下，从头到尾看了一遍，竟没见到他的名字，有点不大相信，又从头到尾地看了一遍，他才低头往店房走去。他在想答卷中错在哪里。

他进店开房进入门里，回头关门时，见一英俊的男人相随进入房内。陈抟仔细看时，见是凌霄。他心含愧疚地望着妻子，说不出话来。

陈抟来京之前，曾和凌霄商量应试之事，凌霄说："李嗣源虽有善举，但他重用门婿石敬瑭和趋炎附势的冯道，你掺入其中，壮志难酬，祸患难免。咱治病救人，虽

陈抟超孳列榜首
冯道妒才除其名

冯道忌贤除陈抟

陈抟名落孙山外
凌霄名亲东都城
辛巳初夏抡
祝词丹堤鱼、
无方重题来

绝望中喜见亲人

不为良相,却是良医,何须再去涉险哪!"陈抟说:"我和李嗣源两次会晤,知他求贤若渴,礼贤下士,绝无风险。我为入仕救民,求索半生,方有此良机,我不能坐失良机,遗憾终生!"凌霄深知丈夫的心意难违,便面有愠色说:"你就自讨苦吃吧!"陈抟走后,她又担心起来,从真源去东都洛阳,必经之道是盗匪盘踞的崔苻泽和辕轘山,他单人独行,若遇强人怎么办哪!她当即重穿男装,身挎飞刀宝剑来追陈抟。当时的东都,举子众多,没找到陈抟,她便在客店等待着发榜。她在榜前终于见到愁眉苦脸的陈抟。

凌霄说:"落榜非祸即福,我们悉心教子,殷勤行医,德泽乡里,道布四乡,其乐无穷。别难过了我的抟二哥!"她抱着陈抟歪在了床上。第二天早饭后,他们并肩迎着满携花香的东风往辕轘山来。陈抟在凌霄温情的劝导下,绝了仕途,心情骤然开朗,轻松了许多。他看着山岭盘亘交错,绵延起伏,烟岚氤氲。三春的阳光之下,山花烂漫,异鸟飞鸣,诗兴勃发,放声歌曰:"绿柳拂风桃绽萼,黄鹂欢唱莺吟歌。"凌霄接道:"鲲鹏有意貌霄汉,燕雀无巢不蹉跎。"

二人思绪徘徊于诗内,突然路中石缝间升起一根绳子,二人被绊倒在石路上,还未站起,已被人按着上了绑绳。陈抟说:"我们是落榜的举子!"在巨石之后站起一位妙龄美女,桃红色的脸上露出笑意,说:"我要的就是

大难招婚撼海霄
撼男达心闯迦山
辛巳冬日于花洲再挥
黄金廓王元名玉峨点

大难女智擒鸳鸯侣

落第的举子！"

凌霄见这女子二目含情望着自己，似有所悟，便向她抛去示爱的目光。这女子被凌霄的目光击中情窦，面现红晕，走近凌霄轻拍她的肩膀说："别怕，我们没有恶意。"凌霄会意地笑笑，向陈抟挤了挤媚眼。陈抟暗自发笑。一群人穿过山石相峙的一线天，进入一座寺庙。庙院有大殿和东西厢房，钩檐挑角，彩绘肃穆。这女人命人在一棵桧柏前打坐，让陈抟二人落座，绑人的绳系在树上，女人说："请二位稍歇。"她进入东厢房，陈抟二人四望，不见僧道出入，只见一位老妇人走来说："你们是哪里的人哪！"陈抟说："真源县人，我叫陈抟，她是我……"凌霄向他使眼色，截住陈抟的话说："我是他弟弟叫凌霄。"老人转向凌霄，仔细看看凌霄，怔了怔神说："凌霄相公贵庚几何？"凌霄说："四十刚出头！"

这妇人惊喜地说："不像四十，倒像二十七八，人常说男过四十一枝花，女过四十豆腐渣！凌霄相公，我家姑娘年二十三，长相你见过，称得上花容月貌，有一身武艺，只因被伊川县尉相逼，弃家占山，谋求生路，耽误了婚期，今见相公十分钟情，愿结连理……"陈抟笑说："她……"凌霄打断陈抟说："我见了姑娘，仰慕之情油然而生，只是科举名落孙山，对不起姑娘。"妇人说："考不上的好，唐文宗开成五年（840年），我老爷因什么'牛李之争'被革职在家，不识农时，不谙商机，潦倒一生，中年而逝，撇下俺娘仨吃苦受累，还受人欺负！"说着眼中含泪，并让人为二人松绑。

姑娘满面春风把凌霄二人让入大厅，令人献茶，含笑说："今日无礼僭规之举，恭请二位光临敝寨，诚望二位见谅。"陈抟忍气不言，坐山观虎。凌霄忙施礼谢答："不同寻常的相会，方可铭刻肺腑，终生不忘！"这时有人来报："大哥回山！"老妇人忙出厅去见儿子，向儿子透露了为女儿择婿的巧事。儿子听母亲说妹妹看中了落举的公子凌霄，他哥叫陈抟，心中大喜。进厅向陈抟和凌霄施礼，说："陈抟大哥，凌霄贤弟，苍天有眼，让二位光顾小寨，令我一家高兴，敝寨生辉。"陈抟说："这位大哥一家虽居山中，言谈之中，透露出诗书之气，也是我二人之幸。请大哥到厅外，我有一事相告，不知可否？"这大汉以为商谈妹妹的婚事，忙随陈抟来到厅外。陈抟施礼说："老兄，请您莫怪，贱内凌霄为陪我赴考，改扮男装，以避沿途麻烦，令妹误以为男子，你看……"

大汉先惊后笑说："怪余妹无知，闹出笑话！"陈抟说："事情不能拖延，请您马上以邀我二人游山观景为由，放我们下山，以免更大的笑话发生。"大汉想了想说："好！"二人进屋，汉子对母亲说："娘，天还早，我和陈抟老兄及凌霄老弟到山那边看看风景。"老妇人说："尽早回来，莫误今天的午宴。"大汉说："误不了。"陈抟拉着凌霄随大汉往山下走去。这姑娘久等哥哥与新客不回，有

大难误把玉女当金童

些生疑，正要去寻找，见哥哥一人返回，感到不妙。问："哥哥，客人呢？"哥哥说："我的傻妹子，你没看出凌霄是女的吗？"

姑娘以为哥哥骗她，愤然骑马下山。在山下不远处，见凌霄陈抟二人并肩而行，她大叫："凌霄别走，我有话说！"陈抟见走不掉，便转身相待。

姑娘来到近前下马，仔细看了看凌霄说："你是男是女？"凌霄说："你看看我的耳垂，再看看我的胸部，我是男是女呀？"姑娘羞红了脸说："你，你捉弄得我好苦呀！"哥哥追了上来，看了看凌霄说："请问你娘家在哪？"凌霄说："我家在宋州胡襄城。"哥哥说："你姓杨吧！"凌霄一惊说："是！大哥！"哥哥说："令尊大人曾任民权令，他老人家名叫辙。"凌霄说："是呀，大哥，你怎么知道？"哥哥说："我的傻妹妹，我父叫杨轼，咱是叔伯兄妹呀，你父是我亲大伯！"凌霄眼中含泪说："常听父亲讲，我有叔父，与父亲同年中举，叔父被派往伊川，后来同因'牛李朋党之争'贬官下狱，再后来杳无音信，我父常为此掉泪。"哥哥指着妹妹说："她叫大难，是父亲遇难时所生，我叫大志。"杨大志的两个妹妹抱在一块相互拍打着，大志和陈抟携手并肩向山寨前行。凌霄与大难同骑一马越过大志向山上飞奔。

大难面对靓女羞

行凶贼人被贼害
相送亲眷逢亲人

辕辕山上，杨家寨中，浓荫的树下，女儿大难向母亲介绍凌霄，与此同时凌霄向婶娘含泪行礼。老太太得知凌霄是自己的亲侄女，抱起凌霄大哭。大难说："娘！别哭哇！见了亲人应该高兴才是，怎么能涕泗滂沱呢？"老太太强止激动的泪水，说："娘是高兴呀！我刚听说她叫凌霄，就想到了多年未见的侄女也叫凌霄！就疑心她是侄女小凌儿，谁承想真是我的侄女呀！我能不高兴吗？"大难当即唤出嫂嫂与凌霄夫妇相见。一家人开始回忆辛酸往事，说不尽的悲伤，道不尽的离别情！当晚山寨上的弟兄摆宴庆贺凌霄和陈抟的到来，直到深夜方散。大难与凌霄同睡一床，畅谈到五更天明。在婶娘和大志兄妹的强留下，陈抟夫妇在山寨待了三天，留下百两纹银下山回真源。夫妇俩

第廿二回

凌宵深山遇孀妇
大志他乡见亲人

婶娘侄女喜泪流

为小妹大难的真挚之爱感到好笑。凌霄说:"深山遇亲人,不能无诗,拚二哥领韵,我次韵奉和。"陈拚说:"好。"随口吟曰:

月容花貌美钗裙,误把巾帼当士绅。
灵动秋波盈爱意,堪夸飞燕是宗亲。

凌霄接吟:

两家期盼中秋近,欣喜团圆几夏辰。
忖度太平早日至,亲情欢聚庆阳春。

夫妇俩见山中奇花异草,几株老树的赤绿叶子中,艳红的牡丹花含笑吐芳,玉兰花张开花瓣在与牡丹争芳斗艳。它们是在赞美春光的美妙,还是在讥笑世人的贪婪狂妄?陈拚吟道:

不争桃李三春妍,息影丛林图避嫌。
兰意诚邀怒放日,春心幽涧展仙颜。

凌霄步韵曰:

忌争高位隐幽涧,愿伴青松友玉兰。

不在人前展俊秀，暗藏春色献仙贤。

陈抟兴犹未尽，继续吟曰：

东都洛邑日常闻，今移山中邀我吟。
深领芳园真趣味，天涯幸会是同心。

他们正在诗情画意之中，从草莽中窜出一位脸色青紫，胡须赭红的大汉，拦路高喊："什么人？报上名来，饶你不死。"陈抟拱手道："在下真源县陈抟。请问兄台，因何下问？"大汉道："奉圣谕在此相等三天了。"陈抟问："兄台等我有何差遣？"大汉道："你在试卷中侮辱先皇懿宗、僖宗。咱家特来结果你的性命。"说着挥刀来砍。凌霄急架剑相迎，陈抟躲过刀锋站在一边，见凌霄抵不过对手，便抽剑相助。半个时辰之后，陈抟、凌霄大汗淋漓，气喘吁吁，大汉一刀砍来，陈抟拿剑去挡，剑落刀快，已近陈抟头顶。凌霄忙拿剑刺向大汉，大汉抽刀来击凌霄，凌霄的剑被搞飞。大汉举刀来杀陈抟，陈抟强行闪开，大汉又来一刀，陈抟已无闪躲的机会。忽听有人大喊："看镖！"大汉的手腕中镖，刀落地上，大汉扭身时，这人的刀已压在他的脖子上。

凌霄看时，见是堂兄大志。大志手持大刀喝问："你为什么要杀陈抟？"这汉子闭口不言。大志说："不说，

陈抟遭遇杀手　凌霄奋勇对敌

我拎刀旋你!……你真不说,我先旋你一只耳朵!"大志旋下右耳。大汉疼得"哎呀"一声,说:"我说,我奉平章事冯道之命,我问他为什么?他说,陈抟举子侮辱先皇懿、僖二帝!"大志举刀,陈抟忙上前阻拦说:"他奉命行事,罪不在他!"这汉子说:"大爷不杀我,冯道也会杀我。我请大爷别零旋我,给我一刀,让我痛快地死去!"陈抟更加怜悯这汉子,说:"你可以不回东都,远离冯道,不一样生活么!"汉子起身离去。凌霄说:"大哥,多谢你临危搭救!你怎么知道有人要行刺我们?"

大志说:"你们走后,我回山去见母亲,母亲说,辕辕山、崔苻泽盗贼遍地,怕你们出危险,非让我把二位送出险地……"说话间,西边路上有两位手提带血尖刀的汉子飞步赶来,举刀来刺大志和陈抟,只见大志一挥金刀,这人血刀落地,大志反手一刀将贼刺死。与陈抟相战的贼子,见同伴被杀,急忙逃走。大志欲追,陈抟劝他莫追。

三人继续赶路,往真源而来。走出山外,见高坪上两条汉子在搭弓射雁,两人同时发弓,只见头雁和最后一只雁中箭落地。凌霄一声叫好,射雁人回头,向凌霄三人跑过来,凌霄一看是李凌云和官渡姨表弟崔泳,凌霄喜出望外,拉手寒暄。

李凌云把同伴介绍给陈抟和大志,说:"这是我姨表弟崔泳,中牟官渡人。因朱温之子朱友珪选美选中他未婚的妻子,他救妻不成,反遭追杀,来杞县投奔我。我眼看

凌霄深山遇凌云

凌霄即兴赞桃花

家乡兵燹匪患连年，无法生存，便与姨老表来此荒山野坡，以打猎为生，倒也逍遥自在。"凌霄向李凌云介绍了大志，凌云便邀三人去见思念多年的刘乔润。他们缓步而行。

在群峰拥簇中间，一块十亩见方的坡地上，桃花开放。凌霄兴起，吟道：

山村又见桃花开，家雀粉蝶争相来。

忘却红尘甘处下，引来故友逛瑶台。

众人齐声叫好，凌霄说："跟着诗人初学格律，不合律处，望各位老兄见谅。"

凌霄见了乔润，因离别相思之情，话如山涧飞泉，笑语不断。陈抟与李凌云、崔泳、大志在谈李家王朝的兴衰。乔润与凌霄下厨巧炊，一个时辰后，丰盛的午餐开始了，只见满桌自种的菜蔬和打来的山禽野味，喝的是自制的红米村酒。餐后，大志说："我的小寨在此山之西，相距不足十里，望凌云和崔泳二位老弟常到小寨做客。"凌云二人拜谢。大志对陈抟、凌霄说："我回去晚了，恐母亲挂念，望你们带着外甥常来。"陈抟说："那是一定。"送走了大志，陈抟夫妇在此住了两天，告辞往真源来。

第廿三回

明宗念旧召陈抟
凌霄做媒说大难

陈抟、凌霄在曲仁里济民药店前，见公差在东张西望。他们见陈抟与凌霄走来，施礼问道："足下是陈抟先生么？"陈抟忙拱手说："在下便是。"二公差说："陈先生焚香接旨。"陈抟领公差入客厅焚香接旨。一公差双手捧旨宣读："皇帝诏曰：尊卷错判，愧疚至深。恭召阶前，殷盼来京，共议兴邦。莫误良机。"差官读后，交付陈抟。另一公差交陈抟御笔书信一封。公差走后，陈抟看看圣旨，又看书信。只见信上写道：

陈抟先生，别后数载，戎马倥偬，未得谋面。不忘君恩，常记君言，终得帝位，要务多累，无暇过府聆教。欲借科举，聘用入朝。岂料尊卷误评，错失良机。诚望随旨

陈抟接王召

赴京，以便授职，共商国是。

　　殷盼光临

大唐长兴二年三月十五嗣源书

　　陈抟看后，知冯道诡计尚未被明宗得知。如若奉旨进京，难免引起冯道的警觉，他必然另设毒谋进行加害。如果当面揭发冯道，冯道是大唐旧臣，能言善辩，诡计多端，加上他的党徒皆居要职，明宗不可能以罪责罚，到那时我骑虎难下，进退维谷，再想逃出，比登天还难！他让凌霄看了圣旨和御笔亲书。凌霄也泛起愁云。陈抟又去县衙和允生、柱子、杠头商量，他们赞同陈抟的分析判断。陈抟又去请教陈炅，陈炅听了陈抟的分析，认为冯道身为宰辅，权倾朝野，势压群僚，黜之很难，相处不易。陈炅左思右想，前后掂量，说："冯道执政，如虎挡道，驱除不易。朝堂之上，不揭冯道，觐见明宗时，避开冯道，单说时局，以了明宗之愿。此外，冯道如虎，不可久留。"陈抟十分赞同陈炅老人的见解。陈炅为防冯道再施伎俩，派柱子和杠头护送陈抟进京。凌霄不放心陈抟，便随他们骑马往东都洛阳而去。

　　再说冯道，他把陈抟的状元名额挪用于自己的党羽之后，便派家臣萧五去截杀陈抟。萧五走后，他想到如果萧五有失，透露了内幕，后果不堪设想。他又派冯二和马四作为二路梯队去截杀陈抟，并安排冯二如果萧五不胜而归，便先杀萧五，再杀陈抟。结果萧五战败被冯二杀掉，冯二、马四又被大志斩杀一个。他等不到冯二的回音，却被明宗宣进宫中询问科考结果。冯道说："考场纪律森严，进展顺利。"明宗让他呈上进士名录。冯道奏曰："进士名录尚在吏部。"明宗传旨，命吏部呈上名录。他翻看两遍，没看到陈抟的名字。他问吏部："朕曾在入考名录上见到陈抟的名字，我认为陈抟必中无疑，就没过问，他怎么没考取呢？"冯道亦顺口说："陈抟文名远播，怎么没他的名字呢？"明宗命传主考赵凤。

赵凤进宫后，明宗说："赵爱卿，陈抟是当今名士，为什么落选呢？"赵凤面对冯道的眼神，怎敢吐露真言，便说："陈抟文章不错，不过在评卷中多人认为陈抟有污先皇，没敢录取。"明宗命吏部取来陈抟的考卷，反复读文，喜形于色。问吏部司郎和赵凤后，明宗说："陈抟言辞中肯犀利，切中时弊，何处有污先皇？陈抟卷中提到的懿宗、僖宗，他们崇佛，听信宦官和奸臣，致使天下大乱，应该明文批之，引以为戒。陈抟何错之有？马上拟旨召陈抟入朝，加官晋爵。"明宗当即亲书一信，命人持信奉旨去真源。

冯道走出宫外，已汗透全身。他担心一旦陈抟随旨进京，自己离死期不远。他见两番暗杀没有回音，预想大祸临头，于是又开始选将。他把儿子冯强叫到跟前："你火速带四名武林高手，扮成盗匪，隐于崔苻泽，等待陈抟到来。见到后，全部杀掉，不留活口！"冯强当即在卫队里

冯道闪躲上云梯
惊惶万状
增派其子冯禧
率人剿杀陈抟

冯道再次派杀手

挑选五人，赶往崔苛泽，雇船在泽中等待着陈抟的到来。

陈抟一行来到辕辕山去看望几天没见的李凌云、崔泳和乔润。柱子、杠头多年没见凌云和乔润，免不了寒暄一番。李凌云问表姐凌霄："姐姐，刚刚返回又兴师动众来此，有何贵干哪？"凌霄说，明宗下旨要陈抟进京商量国事，县令恐奸臣暗中陷害，就派柱子、杠头二位老弟随同前往，以防不测。李凌云、崔泳和乔润听后也要护送陈抟进京。陈抟只好答应。午宴之后，他们一行七匹大马往杨家寨走去。

自上次大志与李凌云、崔泳见面之后，三人志同道合，李凌云、崔泳亲自拜见杨母。大难见了崔泳，暗生情愫，激动不已，双目含情，欣赏着崔泳的举止言行。崔泳被看得满面羞红，不知所措，言语也吭吭哧哧，说不成话。随众人进山，路上想着要说的话，要呈现出的文雅举止……他在心中翻来覆去地琢磨，老觉着还有不到之处。他们一行走进山寨，早有人报知杨家，大志和妻子、妹妹出来迎接，当崔泳见了大志、大难之后，想好的话又忘光了，只好红着脸跟在人后不敢看大难一眼。通过交谈，大难、大志方知陈抟奉旨进京面见天子，他们为陈抟感到骄傲，表示一起保护陈抟进京，顺便欣赏一下东都风光。

当夜，男客安排在客房，凌霄与大难同床，乔润与其二人同住一室。凌霄问大难："妹妹，你也不小了，谈婚论嫁理所当然，我今天特意带来一位，不知你发现没有？"

姐妹闺房论爱情

大难说:"我发现是发现了,只是他像个情窦未开的女人似的,未敢看我。"凌霄说:"傻妹妹,你不懂,好的男人懂礼仪,不轻易看女孩子,那些盯着女人不走,跟着女人不放的都是些寻花问柳的淫贼。上次我装扮成花花公子,你就看不出来!我当时就看出你不懂得什么是真正的好男人!明天我帮你瞅瞅这小伙子,如果他不轻狂浮躁,彬彬有礼,我就愿做媒人,促成你们的婚事!"大难打趣说:"你咋懂得这么多呀?"凌霄说:"你长年累月待在这多见石头少见男人的地方,怎么会知道这些呀。"大难不说话了,她在用凌霄的话检验崔泳的言行举止。乔润也为表弟崔泳而欢欣。

第廿四回

英杰杀贼崔苻泽
骚人吟哦牡丹园

第二天早饭后,他们一行九人各自骑马向洛阳进发。在崔苻泽畔举目望去,茂盛的芦苇和碧绿的荷叶,在漫无边际的大泽中形成了无数的绿色小岛,在小岛中间有碧绿的水面形成船道。他们遥看天际,水雾缥缈中野鸭惊叫飞起,一条船飞速驶来。一人浑身锦绣,腰悬宝剑,问道:"你们这群人骑马带刀,瞭望大泽,存心何在?"陈抟说:"我们进京路过大泽,欣赏一下泽国风景,并无别意。"这人拱手说:"听君之言,似个读书之人,我们十分敬重文雅之士,不知诸位贵府何处?"大难说:"他是真源才子陈抟,我们是奉旨进京面见天子的!"

这人笑道:"巧了!我们是专意来接陈大才子的!此泽通运河,直达东都。想请诸位弃马上船,马交手下人赶

菏泽观景遇敌

往京城，你们乘船，饱览古泽和运河风光，陈先生看如何？"陈抟说："我们生长在陆地，不习惯坐船，还是骑马而行吧。"大志早看出这五人的阴谋，说："陈老弟，上马走吧。"转向五人说："不麻烦你们了，告辞了！"九人一齐上马。只见船上三人飞身上岸，落于马前，横刀挡马。陈抟等九人各拉兵刃准备战斗，一把飞刀直扑陈抟，大志接过飞刀送还那人，那人接刀又送还过来，大志反手将飞刀甩向身穿锦绣的汉子，这汉子躲闪不及，刀中右肋倒在地下，一汉子背起受伤者跳上船准备逃走，大难的飞刀从被背的汉子的后心穿入背人的汉子，这二人从船上摔入泽中。船上二人不敢打捞落水者，摇橹进入苇丛。岸上一人见状，飞身跃入大泽。大志连发两刀，听不到贼人声响，大声对泽中的绿岛说："告辞了，再见！"

崔泳见杨氏兄妹飞刀斩贼轻而易举，深深感到自己配不上大难，与大难结为连理的美梦，在心中消减大半。可他长出了偷看大难的胆量，时不时向大难看上一眼。大难也发现了崔泳那渴望的眼神，两人都以不同的形式在爱河中冲波逐浪，力争尽快跃上金色的彼岸。大志、陈抟等五位男人在思考截路的五贼。凌霄在以媒人的身份，观察着大难和崔泳，她为二人的快速进展而高兴。乔润则探究般地看着大难、崔泳和凌霄。

当天中午，他们住进洛阳东门外一家名叫"康春"的客店。午饭后，陈抟说："今天无事，咱们去牡丹园赏花。"

大家兴高采烈地去逛牡丹园。

　　阳春三月,牡丹盛开,传说这里的牡丹是武曌女皇从长安谪贬来的,历经了二百多年的培育,品种逾千,洛阳因此成为天下牡丹之乡,丹花胜地。如今是后唐东都,其花不亚盛唐的开元天宝,只见姹紫嫣红,千姿百态,争奇斗艳;拂面春风,携带芳香,迎面而过。陈抟诗兴大发,步韵吟曰:

　　　　修竹玉翠陪花王,彩羽舞空若凤翔。
　　　　乍吮芬芳入肺腑,兴来情浓吟诗章。

凌霄次韵:

　　　　魏紫姚黄竞瑞祥,争奇斗艳洒天香。
　　　　默然无语听公论,异口同声赞洛阳。

大难步韵:

　　　　万紫千红看洛阳,阳春三月游人忙。
　　　　凉风阵阵花如醉,笑语声声喜若狂。

崔泳听大难字如珠玑,忙即兴步韵:

群英吟诗赞牡丹

国色天香冠众芳,丰姿卓绰着仙装。
东都因汝名寰宇,天下谁不赞洛阳。

大志面对一株白牡丹吟曰:

白玉无瑕笼月光,芬芳薄粉漫八荒。
霜寒日冷投泥土,甘献丰恣助后芳。

乔润吟曰:

国色远播千里邦,天香漫送万村乡。
待来秋月菊花艳,入地为泥惠后芳。

李凌云说:"诸位诗人骚客,占尽巧语妙词,我只有勉为其难,凑个热闹。"吟曰:

哀怨满怀辞故乡,根扎洛邑得温房。
仙姿大展风范树,后继相承生卉皇。

柱子吟曰:

千娇百媚杨家娘,出水含羞欺众芳。
晨露暂留驿站泪,明皇仍在梦黄梁。

众人齐赞柱子诗意隽永，耐人寻味！

杠头不爱吟诗，却爱听人吟诗，对每人的诗章都报以热烈的掌声。他见众人步韵引颈高歌之后，都在用期待的眼神望着他。他感到大任在肩，可大脑一片空白，嘴巴张了几张，说不出话来，满脸通红，浑身冒汗。他干咳两声，定了定心神，说：

爱看鲜花不爱诗，众人是圣我傻痴。
孕妇生儿肚中有，我满腹酒肉没有诗！
我是太阳地里穿衣裳，浑身上下不见湿（诗）！

众人鼓掌大笑。凌霄说："老弟少言寡语，作起诗来全是笑料，别有一番大俗大雅的特殊风味！"杠头的脸更红了，说："二嫂是夸我还是挖苦我呀？"凌霄说："是夸呀！你看谁能让人大笑不止呀？能把人逗笑也是天赋使然呀。"杠头说："别取笑我了，我连张打油也不如。"大家又一阵嬉笑。

崔泳在众人大笑不止时，他并没笑，在众人面前，他自惭形秽，深感配不上大难，但他的心全在大难身上，大难的诗句和清脆的声音都铭刻在他心里。大难也和崔泳相似，对他人的诗作如过眼烟云，而对崔泳的诗却念念不忘。

当夜，陈抟在想李嗣源的终极目的是让自己入仕为官，这原是自己几十年的梦想，但想到冯道几次截杀，不寒而栗！与此人共事，不异于与虎同眠。他决定按陈抟的嘱咐，不入仕，不惹冯，谏明宗，平安返乡。他在筹谋划策中睡去。

女客房内，乔润在听凌霄与大难细语。凌霄说："妹妹的诗很好，若是改几个字，便是妙语连珠。"大难说："怎么改？"凌霄说："应该是：万紫千红看崔郎，阳春三月巧梳妆。东风习习奴心醉，笑语声声君若狂！"大难说："这么说你的诗也得改。"凌霄说："怎么改？"大难说："魏紫姚黄竞辉煌，不如陈抟俏模样。十人见后九人爱，尚有一人双眼盲。"二人相互逗乐，三人嘻嘻在笑。

第廿五回

凶手谎言骗冯道
陈抟吟诗辞圣君

翌日早饭后晴空日朗,陈抟安排大志带大家去北山玄元庙烧香祭老,他独自徒步去见明宗。

大唐复兴宫外,是一个宽阔的广场。东西南三面是犬牙交错的琼楼玉宇,中央是庄宗斥巨资修建的避暑消夏的一座宏伟壮丽的摩天大楼,北面是巍峨壮观的宫殿群。朝门外,有八名金甲卫士把守。陈抟拱手向卫士行礼后递上奏折和明宗的圣旨,卫士们奉还圣旨,捧奏折转交内侍,内侍呈交明宗。明宗正和冯道、赵凤及吏部共商新录进士的职位分配,见陈抟奏折,心中甚喜,便让冯道和赵凤恭迎陈抟进宫。

冯道昨天等儿子直到深夜,也未见儿子及武士返回,一夜未合眼。早朝后明宗叫他入后宫议事,卫士送来陈抟奏折，令他大惊，预感到祸事将至。他心似狂潮，翻腾不息。他担心陈抟在明宗面前揭发他的阴谋，他该如何辩解，闯过难关？他举步维艰，随赵凤身后走出殿来。

陈抟见两位大员向他拱手，他忙拱手还礼。赵凤说："这位是首辅大臣冯道大人，卑职叫赵凤，奉旨恭迎陈先生进宫。"陈抟长揖还礼。冯道本想强装笑脸，但因惊恐，忧心沉重，嘴角翘不起来，哭丧着脸说："请吧！"陈抟远远看见明宗在宫门相等，他知道这是一朝君王对平民百姓从来没有的尊重，陈抟紧走几步躬身一揖说："一介草民，怎担得起皇上如此厚爱，诚惶诚恐！"冯道说："你哪是诚惶诚恐！你面见君王，应屈膝下跪，闭目伏耳，而你身为儒生，难道敢无视君王与国礼吗？"明宗说："冯卿有所不知，朕和陈先生是多年故交，曾两次蒙陈先生不吝赐教，他是朕的老师，自古只有徒拜师，没有师拜徒的道理！"冯道无言，站在一旁。明宗与陈抟并肩步入静穆殿中，明宗入座。冯道领赵凤重新施礼，想以此看看陈抟可向明宗下跪。他见陈抟仍抱腕秉手不跪，心想这人秉性刚正，目无圣上，我这个中书省平章事更不在他的眼中，一旦入朝更对我不利，必须尽快除之！明宗命宫人为陈先生看座。明宗说："上次科考，因主考误判，致使陈先生落选，我看了陈先生的试卷，立意中正，析理明确，言语中肯，切中时弊，是千古奇文，应居榜首。"

陈抟称谢说："谢陛下抬爱，实无才位居榜首。此次

陈抟见明宗遇道访拾宝举仙王威宗

陈抟觐见明宗

考试，为家兄所逼，实非我愿，主考与我无冤无仇，凭公而判，我非但无怨，反合我终生之愿。望陛下念我年逾花甲，枯朽之躯难负圣望。望圣上全我野性，放归真源。"明宗说："朕召陈先生进京，出于误判试卷之愧疚，诚望陈先生海涵莫滞于怀。于今，朕初登大宝，缺欠治国理民之策，况天下尚有十国盘踞，致疆土四分五裂，兵革不止，民生凋敝，国运维艰，正待先生经天纬地，捭阖乾坤，创建伟业。先生如拒大任，岂不令天下人失望乎？今天朕不相强。先生远道而来，先在礼贤馆住下，让赵爱卿作陪，在京城名胜处游览观光，散心抒怀，有须创建修缮处，望助朕筹谋。"明宗意在给陈抟留出思考的空间，再行加封官爵。午宴之后，赵凤送陈抟回礼贤馆。

陈抟回礼贤馆之后，常睡不起，以掩人耳目。李嗣源多次询问，皆报吃后便睡，似有嗜睡之病缠身。明宗出于敬重，耐心等他睡意尽消时，再授予官职。

冯道在府邸寝食不安，他反复在想，陈抟不愿入朝，应该是件好事，如果长时待在京都，一旦心动入仕，必有后患。怎样才能赶走陈抟？他挖空心思，想不出办法！他又想，人有一定的睡眠时间，不会因嗜睡而长睡不醒。他肯定料到有我元老在朝，他必会死在我的手上。看来他与我冯道不共戴天！他头上冒汗，心跳加速，苦思冥想，终有一条借明宗之刀杀掉陈抟的毒谋。他立即改换朝服，去见明宗。他刚迈出后厅，三个杀手哭着把少爷冯强的尸体抬进后院。

冯道抱着儿子的尸体大哭！他定了定心神，问杀手："是谁杀死了你少爷？"杀手说："是陈抟！他们一共九人，个个武术高超，我们五人拼死对决……"冯道一脚踢翻回话的杀手，说："无用的东西！快滚！"他怒不可遏，决心尽快杀掉陈抟。他擦干泪水，定了定心神，坐轿，觐见明宗。他向明宗表示，有一计可使陈抟滞留不去，甘心为官。明宗问他："爱卿，快说，什么妙计？"冯道说："陈抟说他年逾花甲，我看他红光满面，黑发秀鬓，青春仍在，宝刀不老。而春寒料峭，圣上有惜才之心，何不与陈先生送酒暖心，赐美女暖足，他见圣上如此敬重他，便会留下来，为圣上所用。"明宗说："贤达之士，不一定就见色易志，改变初衷。不过可以试试，以表朕之诚意。"

冯道喜出望外，便在自己府中挑选三个心腹美女，要她们用浑身解数把陈抟灌醉，引他说出对当今天子的不满，如若饮酒不醉，便在床上用尽功夫，套出他不愿入仕为官的心底话来，事成之后必有重赏！一切准备妥当，冯道便邀赵凤一块带酒和美女去见陈抟，令冯道开心的是陈抟对空作揖向明宗谢恩，又对冯道和赵凤深表谢意。冯道进官向明宗报喜，说陈抟见美女之后，对皇上深表谢意。

冯道、赵凤走后，陈抟让三个女人退后站定，说："我是佛家弟子，不近女色！你们不准到我身边来！"他揭开酒坛大喝大吃起来。酒菜吃完，说："御酒远不及我酿的

陈抟狂饮拒美女

村酒，我带了一小瓶，请你们品尝。"他开瓶，满屋清香。说："谢谢你们为我而来，我以此酒致谢。你们喝上三口，就会青春不老，并请你们记住五天不与男人同房，否则会顷刻生病变老！"说罢伏案大睡。三个美女把酒分喝之后，倒在陈抟床上，昏迷不醒。

第二天早饭后，冯道、赵凤来到陈抟下榻的房前，见房门大开，进房一看，不见陈抟，只见三个美女和衣相拥而卧，还在大睡。

冯道叫醒美女，三个女人跪地求饶。冯道问："陈抟到哪去了？"一个女人说："大人走后，陈抟喝酒吃菜不要我们近前，我们围着他打情骂俏，他却以怒目相视，并说他是佛门弟子，不近女色，专爱吃酒。并说此酒不好，不如他的仙酒，喝一口便可容颜不老，青春常驻。他去掉塞子，满屋酒香，他把瓶子放在桌上，说：'你们今天如此热情，却被我视而不见，深感有愧！送给你们，都喝几口，以求青春永驻。'他说罢伏案而睡，鼾声如雷。我们毫无办法！闻着酒香，便尝尝酒味，确实别有风味，我们喝酒之后，十分困倦，就在他床上睡着了。"冯道气得赏了每人一记耳光。赵凤见桌上有纸，拿起来一看，交给冯道，冯道看后，先是一喜，认为陈抟走得好，又一想不好！陈抟逃出京城，明宗若把他追回，逼他说出不入仕的实情，我冯道性命难保！他头脑发胀，两手拿着陈抟的诗笺发抖。他把诗笺交给赵凤，说："赵大人，我有些头疼，请你呈交给圣上吧。"

赵凤进宫把情况述说一遍,并呈上陈抟的诗笺。明宗展开看时,见上写:

雪为肌体玉为腮,多谢君王送得来。
处士不行巫峡梦,空烦神女下阳台。

明宗看后赞叹不已。赵凤说:"马上派人去追。"明宗说:"这次考试伤透了他的心,把他找来也留不住,他谢绝仕途,必然成为道家学派的一代宗师。赵卿火速让中书省拟一道旨,赐陈抟白银百两,派专人送往真源,以表朕对陈先生的敬重,并召令天下,不许军队践踏老子圣地,不许有伤陈先生的事情发生!"明宗哪里知道他的重臣冯道正在派兵选将,去杀陈抟。

冯道回府之后,刚刚坐定,人报赵大人过府,他第一次放下宰辅的架子起身迎接。听赵凤传达圣意之后,为"有踏圣地加害陈抟者家灭九族"一句心惊肉跳!他不敢改变圣意,只好让中书舍人照圣上的口谕拟旨。赵凤拿着草拟走后,他吩咐小童去叫卫队令冯彪速来!冯彪见冯道行礼。冯道说:"你在府中挑选三十位勇猛之士,各骑快马去追陈抟,务必把陈抟九人斩尽杀绝!不可有一个漏网!"冯彪领人马一路追来,直到曲仁里,也没见陈抟。他们驻在真源店内,寻访打听,一无所获。他们只好沿路

冯道再三派杀手

返回，在汜水河北岸，见一群乞丐在烧人肉吃。这些官府的爪牙还没吃过人肉，闻着人肉的奇香，看着叫花子的贪婪，食欲大振。这些人不问价钱去抢人肉。这些叫花子不怕死，更不怕官兵，他们举起枣条去打。这些官府的狗腿，何曾受过穷小子的打骂，各抽刀剑把叫花子赶尽杀绝。冯彪正担心怎样回复宰辅，看着死去的叫花子说："回去向相爷禀报，我们在郾城北郊将陈抟一行九人杀光。谁要走漏风声，我们大伙会让你家灭九族！"大伙齐声说："好。"

　　冯道在早朝见驾时听明宗让宣旨官宣读圣旨。圣旨上的言语刻在心上的还是那一句让他心惊肉跳的"扰乱真源圣主生地和残害陈抟者，灭其九族"，他派出的杀手还没回来，如果被圣上发觉，他的九族难保！他心如火焚，坐立不安。三天后，杀手返回。他听说陈抟等人被杀，方把提到喉咙眼中的心放下来。他重赏杀手，并要求他们严守秘密，一旦走漏风声，不但冯家灭九族，他们三十人也难免其咎！

第廿六回

绝缘仕途归大道
畅游岱岳遇真人

再说陈抟,他逃出宾馆,回到旅店,喊醒酣睡的亲朋,上马加鞭,天还未亮就进杨家寨。陈抟料到冯道必追,就在寨里住下来。当天上午,侦探报有三十匹快马向东跑去。众人齐赞陈抟神机妙算,他们设宴庆贺。第二天为崔泳和大难举行婚礼。第三天晚上侦探来报,三十匹快马由东向西而去。翌日,大志送妹妹和妹夫回家,九人说笑着来到东山。李凌云以家长的身份为表弟崔泳举行婚宴,宴会上杠头要求陈抟赋诗作贺。

陈抟也不推辞,随即咏诗:

道法自然情自然,男恩女爱结良缘。
山盟海誓属空语,意笃心诚偕百年。

陈抟即兴赋诗

美景良辰花下会，夕阳晚夜笑中换。

承欢膝下天伦乐，强似为官去图南。

众人齐赞："好诗！"

杨大志说："看来陈老弟大彻大悟，改道易辙，断绝仕途，专心于颐养身心了！我看不久即要修道成真了！"陈抟说："五十多年孜孜不倦的追求，得到的结果是什么？亲人受害，邻里不安，倒不如杨兄逍遥自在，更赶不上大难、崔泳二位的美满幸福。我和凌霄商量好了，把药铺交给陈仁、陈义他们兄弟经营管理，认真研究医药为乡里治病养生，不让他们再走我的老路。我们夫妇游山玩水，颐养天年，也不苛求成仙了道。"大难说："太好了，欢迎你们来辗辕山教我们把脉治病。"凌霄说："那是一定！"大难说："那就别走了！"凌霄说："回家料理一下，有空就来，住不烦不走！"大家笑了。

翌日，陈抟等告别亲人，返回曲仁里。陈抟在商铺向哥嫂汇报了进京面君的经过。哥嫂又害怕起来，担心冯道贼心不死，还会千方百计加害陈抟。陈抟说："自古避难防险莫过为僧为道。我和凌霄从明天起，在隐山筑庐研道，以终天年。药铺由陈仁、陈义坐堂，你们夫妇年近古稀，生意由大转小，抽出时间料理药铺和酒作坊，把治病救人、积德行善作为咱一家人的职责。只有如此，才能取得四邻八乡的拥护，才能在难中有人帮，险中有人救，才能使一家平安,世代永昌。"

陈搏、媛秋都为陈抟夫妇离家归隐而惋惜!而他们夫妇素来以陈抟为家中的主心骨,事事听从弟弟的安排。陈搏当即把全家人集中于商铺,按陈抟的意思向大家述说一遍。一家老小虽有异议也只能听陈搏的,因为当时有"除父长兄"的家规,陈抟只能出谋划策,发布执行还须长兄陈搏。

当晚陈抟坐在灯下,畅想未来:他不想入庙为道人,受庙中道规的约束,又想逃避现实,辞红尘而居林下。于是他决定和凌霄筑庐隐山,研究《周易》《河图》《洛书》《老子》《庄子》,仿庄子、许由,逍遥于世,坦荡一生。他赋诗曰:

> 不朝圣主不尊仙,坦荡人生绝世缘。
> 闭户不闻窗外事,观湖专注水中天。
> 看鱼欢畅荷塘里,望鸟翱翔霄汉间。
> 品酒至酣吟汉赋,梦中怡乐步天坛。

新鲜展眼过,日久心生烦。陈抟夫妇初居隐山,朝霞夕晖,春花秋月,游目骋怀;抚琴品箫,吟诗作赋,翰逸神飞;谈古论今,挥拳舞剑,心畅神抒。

后来,慕名而来求医问道者,络绎不绝。恬静的环境渐被喧嚣夺去。陈抟夫妇没有吟诗读书的空闲,也抽不出

移居隐山增诗兴

离群索居群来扰

时间健身练武。

后唐明宗长兴四年（933年）春二月，陈抟、凌霄把隐山息影之草庐赠予来隐山修身养性的道友丁少微，他们去东岳泰山，想找一处远离尘嚣、清静幽雅之处颐养天年。夫妻二人徒步而行，进入泰山，但见沿途山花烂漫，异草芬芳，碑碣栉比，巨石嶙峋。战乱年代，游人不多，手提供品、举着彩旗的香客倒有几个。在竞攀十八盘的石阶上，有两个中年男子，一个身穿獐皮上衣，一个身着蓝衫，迈步越阶，腾挪轻便。一人唱一人和，四字一换，悠然而歌："月圆月缺，日复一日，年复一年，苍天不老，后土常变。五代不稳，十国不安；朝秦暮楚，战乱连年。今是天子，明是囚犯。孰若我心，无羁无绊。遨游昆仑，极顶泰山。作赋河北，吟诗江南。沐浴北极，濯足海南。不知皇朝，是秦是汉。酒中取乐，梦里春酣。胜过玉皇，超过天仙。"

凌霄举步猛追，陈抟步步紧跟。在中天门前，两个男人坐在石上，笑看满头大汗紧追不舍的一男一女。只见穿獐皮的男子举葫芦饮水，穿蓝衫者口含野花在咀嚼。

陈抟和凌霄选石坐下，观察着这两个奇逸的男人。只听穿蓝色衣服的人吟道："山，山；绿树，峰巅；异草荣，奇花艳；崇山不老，尘寰在变；父占娇儿妻，子弑父夺权。朋党之争相继，任人唯亲永延。分崩离析何时了？何时国泰烝民安！"獐皮衣者接吟曰："泉，泉；泉鸣，水转；

陈抟游泰山

畅游泰山寻幽处

陈抟在朱巅泰山见两位道走遒谈易论道便赴上奇
祝愿相问二位原是名高人羊相上奇君名孙君仿年
颇腿七叶康发寄士三人同啻善是故缘之诚中
二位源卷陈抟和孙渊傅忩将成两道家一代宗师当
陈抟问友夭下胜景吻孙启仿杜夭下之胜莫武当
那裏昌七十峰三十六洞风亮秀丽是而健修身养生
之地於是陈抟决定去武当山修身养性
庚辰冬月於郑州月堤苦古斋堂南文元方王殿东

与高人谈易论道听道

山绕水,水绕山;苍天不老,后土在变;多少骄子去,去者不复还;壮士马革裹尸,圣贤树范立言;释者说空在四,道家解玄在三;唯我嗜酒忘万物,矗立峰巅览云翻。"吟后,起身说:"走,仿诗圣,凌绝顶,饱览群山!"

陈抟深感二人非等闲之辈,实为世外高人,急忙拦住二人施礼说:"二位慢走。小可斗胆请二位仙长到茶司小憩,望仙长舍福赏光。"獐皮衣者说:"百年潜修同船渡,千年始得同路行。观二位容貌行止,已出红尘之外,与我二人似有尚德同道之处,愿听尊便,以抒情怀。"四人进入茶司。

陈抟拱手问曰:"小可陈抟与妻子凌霄请问仙长尊讳仙乡?"蓝衣人说:"鄙人孙君仿与弟獐皮处士李阮,每年遍游名山大川,四海为家。对陈兄之名,久有所闻,知你是真源名士,唐明宗之师,辞封不受,令天下文人景仰,释道同尊。今日相遇,真乃三生有幸!"陈抟以揖谢曰:"乡野村夫,徒有虚名,还望二位处士不吝赐教!"獐皮处士说:"陈兄,我祖居真源,与老子同族同宗。幼喜清静,崇尚无为,与兄同德同乡,何须过谦。我二人文不成章,诗不合律,释不解空,道不通玄,而陈兄张口是诗,挥毫成章,谙易通玄。愚弟梦交已久,早想过府求教,今天幸会,足慰平生,望陈兄多多教诲。"孙君仿说:"都别客气了,咱们结伴上山。"

四人登上南天门,又上玉皇顶,在"五岳独尊"巨石前,极目四望。见白云之上,山峦起伏虬曲,如苍龙搅海,

气势恢宏。陈抟请孙君仿领韵赋诗。孙君仿稍道谦逊,放声举臂咏曰:

岱宗绝顶沐金风,方悟井中识见穷。
遇汝方知何是小,此山过后难为峰。

陈抟步韵:

崇山峻岭遇高朋,愚昧初识高士风。
绝顶企攀望莫弃,愧瞻马首座中铭。

凌霄次韵:

拜领风骚在岱宗,崇山难比二高峰。
愿居台下聆仙谶,灌顶醍醐警玉钟。

獐皮处士说:"兄嫂韵律通和,境界高远,在下佩服之至,勉为其难。"吟曰:

国风雅颂难为工,冥想苦思诗兴穷。
暂借泰山石半盏,漫抛引玉掩羞容。

孙君仿说:"咱四人联袂同吟一首何如?"大家赞同。

孙君仿吟：

骚中四子兴狂风，

陈抟接：

不蹈前人牙惠行。

凌霄咏：

实意真情诗兴尽，

獐皮处士吟：

喜结联袂道德盟。

第廿七回

凌霄巧言脱险境
君仿真诚指前程

　　四人下玉皇顶，在一家饭店就餐畅饮。因情趣相投，酒量难控，推杯换盏，划拳行令，直到红日偏西，四人皆醉。獐皮处士四肢难支，倒卧在地，孙君仿伏案鼾睡，陈抟靠着椅子进入梦乡，凌霄头在陈抟胸前，倚着陈抟睡去。跑堂的看着四人的睡姿发笑。

　　这时进来三个汉子，他们原是朱温的部下，被称为老大的叫朱友兰，原是朱温的假子，因战功不佳，被朱温遗忘，在朱友珪的府中当差。年近花甲，单身独处。大梁亡后，成为丧家之犬，逃入泰山。他在人迹罕至的山阴处凿石为室，四处抢劫，奸淫掳掠，无恶不作。今天来酒店饮酒，见风姿绰约的凌霄脸泛酒色而红润，妩媚无比地在陈抟怀中甜甜睡着，兽性大发。他轻柔小心地抱起凌霄向巢穴跑去。睡梦中的凌霄感觉在陈抟怀中，又如在云中飞翔。她神魂飘荡，坠入爱河。她突然感到嘴唇、面颊被毛刺频频攻击，感到不是陈抟在亲她。这时，有人在为她解衣。她心中一惊醒了过来，见满脸皱纹、灰白色胡须的朱友兰正在扯她的裤腿。她顺手一掌，拍在他的脸上。朱友兰被打得火烧火燎，忙抽刀说："你老老实实陪老子玩玩，老子保你吃喝不愁！"凌霄转怒为笑说："我在男人的慈爱中活了多年，还没见过你这样掂刀逼爱的男人！"朱友兰立即笑在脸上，喜在心上，丢刀抱凌霄。

　　凌霄说："慢！我喜欢你这样身强力壮的男人，但你得应我两个条件。"朱友兰说："请讲。"凌霄说："你是图一时之欢，还是想结为永久夫妻？"朱友兰说："当然是做长远夫妻。"凌霄说："既图长远夫妻，第一先明誓后拜堂，第二不能再纳妾娶小。"朱友兰说："我依你！"凌霄以明媚笑眼看着朱友兰说："请你向天盟誓。"朱友兰面对凌霄开始盟誓。凌霄制止他，说："盟誓心要诚，你得跪下面朝南对天发誓。"朱友兰说："这有何难？"便面朝南跪地发誓。凌霄把朱友兰的刀拿在手中，向朱友兰头顶一击，朱友兰应声倒地。她一跃出门，见二匪把门。她大喊："二哥，你们快来！"二匪扭身向后看，凌霄一刀砍倒一个，另匪转身外逃。凌霄并没有追赶，她沿着路向外走去。

　　饭店伙计见三匪背凌霄走后，忙叫醒陈抟等三人，

凌霄巧之脱险境
老贼美梦场空
辛卯秋月补足目
石龙陈月波题 王磊画

凌霄巧治淫贼而脱险

说:"三贼抢走女客,你们快顺山间小路向西北去追。"陈抟等三人立马出店向西北追,恰碰到那个匪徒向丛林躲入,凌霄出现在眼前。凌霄笑着说了前后经过。三人听了大笑,这时朱友兰晃晃悠悠向这边走来。凌霄说:"喂,别来了,我不爱你,因为你听话,我不杀你,望你好自为之。"朱友兰呆呆地望着他四人走去。

獐皮处士说:"大嫂,你怎么不杀他呢?"凌霄说:"我这一生杀人不少了,积个阴德,以求福报!"陈抟说:"你成佛有望啦!"凌霄说:"我若成佛,就不伺候你啦!"陈抟说:"求之不得。"獐皮处士说:"老兄难免'寤寐思服'!"陈抟说:"我还辗转反侧呢!"凌霄说:"说实话吧,辗转反侧念一华。"陈抟说:"幸喜仙女来我家!"凌霄的脸红啦,大家都笑了。当晚住在客房,陈抟狠狠地亲了她一下,她也不客气地还了他一巴掌。

第二天凌晨卯时刚到,孙君仿喊醒李阮,又叫陈抟,四人登泰山望日石,盼望东方日出。卯时将尽,只见东方天际由灰变灰黄,由灰黄转金黄,渐渐金光布满天,一轮红日冉冉升起。金色染遍千山万壑,温暖遍及天下万物。陈抟脑际突然出现了老子和他的真经五千言。他老人家就是太阳!是他的五千言驱散了远古以来蒙在烝民思想领域的迷雾阴霾,使先人看清了前进征程,认准了航行方向,使华夏大地巍然矗立于东方!这时孙君仿举臂高歌:

君访指路
九宝岩
骋仙决主
之武肯
辛巳岁
月十南
王殿荣

高人指路筑云梯

红日喷薄出海疆，

陈抟即兴紧接：

金光四射笼八荒。

李阮吟曰：

恩施万物不拥有，

凌霄接吟：

无怨无求鸿运昌。

陈抟四人在返回旅店的路上，心还滞留在红日的金光里。早餐之后，孙君仿问陈抟："老兄意欲何往？"陈抟说："泰山不泰，不是息影之所。茫茫大地，还不知何处是我归隐养生之地？"孙君仿说："老兄才高八斗，学富五车，虽比不上红日，却是一颗不落的月亮！你应把你的才华用于对诸子百家的研究，对社会各个层面的认知，挥毫成篇，展现于世，以惠后人，方不愧众口之誉扬和您为图南济世治国裕后的拳拳苦心。也只有如此，方可与天地共存，与日月同辉！才称得起永远不落的明星！"陈抟听后深为感动,他双手握着孙君仿的手说:"感谢兄台的赤诚抬爱和直言忠告,振聋发聩。但我出身草野,知识浅薄,不敢妄自梦想成为明星月亮。不过,受兄教诲,我会发奋图强,尽心尽力为国家的富强、悉民的福祉著书立说,以谢兄台。"

孙君仿说:"著书立说,不只是精通百家,融贯古今,还要有除旧创新、敢为人先的'狂妄'。在处世为人上不为人先,在真理的探索追求上不但要谨慎认真还要敢于设想,敢于创新,切忌因陈守旧,循规蹈矩!"陈抟点头称是。孙君仿说:"你还要有个适于探索写作的环境。"陈抟说:"天下之大,不知哪里是好?"孙君仿说:"我和獐皮老弟曾到荆楚之武当山九室岩,是古今高士贤达聚集之处。那里有七十二峰,三十六洞,处处山清水秀、气清月朗、人心古朴,是君驻足立言的绝佳之处。"陈抟作揖致谢,告别二人。

徒步行医觅圣地
沿途览胜叹先贤

　　陈抟与二位高人分手后,返回曲仁里,把积累的灵验药方和孙思邈的《千金方》、张仲景的《伤寒论》装入书箱,把日用衣物和采药用具打包成捆。陈抟挑担向哥嫂和子侄辞行。哥哥要他以马代步,凌霄说:"他效前贤,安步当车,以苦励志,徒步行医,去楚国武当。"陈搏知道弟弟倔强,也不去勉强。陈抟挑担在前,凌霄紧随其后,踏上去武当名山的旅程。

　　他们前行来到陈州(今淮阳)北郊,见太昊陵殿堂巍峨,古柏森森,碑碣栉比。太昊陵墓前香灰成垛,传说这是人祖伏羲的寿终正寝之地。西周至春秋是虞舜后人胡公的食邑之地,陈国首府,城名宛丘。陈国亦是老子的故国,亦是陈氏发祥之地。在这里,陈抟感慨颇多,陈抟的先祖

第廿八回

生行到陈所　感慨成名诗

就是胡公。西周分封时为公爵之国，后因多次内讧外患，国力日衰，屡受大国侵扰，后亡于楚国。陈抟的先人陈源，以武职仕陈，生性刚烈，宁死不降楚军，率一家老少含泪弃家逃出宛丘，定居于苦地（今鹿邑县，先秦时期名苦，与怙同音）曲仁里。想至此，陈抟问凌霄："你知道我家庄名为什么叫陈竹园吗？这和来祖陈源有关，我来祖生前曾和老子友善，每次老子返乡或来陈国采风，来祖陈源都去拜访老子，听老子讲道论德。他与老子的弟子徐甲称兄道弟，对徐甲之父徐慎敬重有加。当时徐甲随老子西去，我先祖投徐慎而来。徐慎为避楚军对先祖的追捕，把先祖一家安排于竹林之内。先祖陈源便在竹林深处结草为庐，建家立业，将庄名定为陈竹园，在这里休养生息，渐成村落。我们陈家以耕读为本，为官者代不乏人，到我祖父时，曾中举仕唐，在斐度相府供职为中书舍人，后被宦官加害致死，我父弃文从工，并严禁我兄弟二人求学入仕。每忆童年往事，还为先辈们伤心呢！"凌霄说："原来咱俩家有共同的悲惨命运哪！"陈抟说："家运相同，人志切近，方有恩深意笃之配啊！"二人相视而笑。

陈抟夫妇在这里浏览了"羲陵岳峙""耆草春荣""画卦台"、台前的"蔡池秋月"、孔子困陈蔡时的"弦歌台""望台烟雨"，及汉汲黯卧病治陈的"卧阁清风"，后又游览了"陈思王故居"和龙湖等名胜景区。留下《陈州览胜》一首：

羲陵岳峙古柏青，蓍草春荣新杏红。
烟雨望台曹植赋，陈国寻相边韶情。
蔡池秋月龟灵舞，汉黯卧阁清正风。
画卦台中筬谶语，龙湖舟畔柳莺声。
有陈祖地胡公建，千载后裔感慨生。

他们夫妇继续向西南走去。在蔡州东门，陈抟想起助嬴政完成统一大业的蔡州人李斯，他为秦国披肝沥胆，竭尽其忠，可谓功业显赫。而他功成不退，遭灭九族之祸。又想到不久以前的蔡州节度使秦宗权叛唐自立，率军掠土，横扫大江南北，黄河上下，致赤地千里，民不聊生……想到此，他又为功成不退的李斯和贪心膨胀祸国殃民的秦宗权叹息和愤慨！也为举第受阻，辞召不仕而庆幸，感叹吟曰：

一

嫉妒韩非绝友情，力襄嬴政帝国隆。
功成不退居荣耀，岂料位高亟险生！

二

妄自称尊虫做龙，妖风横扫四乡穷。
神州欲坠山河碎，放眼五湖听丧钟！

他吟过之后，细品诗意，尚有不足，欲步韵重吟，忽听路南院中传来撕心裂肺的哭声，转眼看时，从院内急步走出一位中年男子。这男子见陈抟挑着药箱，挂着药葫芦，忙上前施礼说："请先生留步，救救我的老娘吧！"

陈抟说："你老娘怎么了？"这人说："她老人家突然晕倒，不省人事！"陈抟和凌霄走进院中，见一家人手忙脚乱地哭喊着抬老人进屋。陈抟已知老人是中风，要他们轻轻放下病人，当即拿出银针在老人的十个指尖猛刺，见有血出，便施行推胸助心肺恢复功能。很快老人苏醒，一家人泪眼展笑容，惊喜地看着陈抟。陈抟从葫芦里取药，让老人服下。老人的四肢微动，眼睛睁开望着这位陌生的先生。

一家人忙请陈抟夫妇就座用茶。陈抟茶后为老人切脉，开列药方两个，一方抓药两剂，两天后换方，抓药六剂，一天一剂，并嘱咐家人，让老人饮食清淡，睡眠充足。陈抟夫妇告辞，一家人强留不住，只好拿十两银子相赠。陈抟为了路途盘费，收银三两相谢，向西南而去。

936年五月，石敬瑭欲谋反叛唐，战火四起。陈抟的行程，由战乱所左右。他们避开战乱之地走。是年六月末，来到南阳东郊，在医圣张仲景墓前躬身祭拜。陈抟从医之后，以张仲景为师，对张仲景的《伤寒论》和《金匮要略》之意旨熟若家珍。不过他认为张仲景是医界泰斗，自愧难以超越，所以他的著作中仅缺医书。陈抟在张仲景墓前默

蔡所医老人　怀念秦李斯

祭良久。有位贫妇人背着一位骨瘦如柴的三岁孩子,跪在张仲景墓前,点三根香,磕头祷告说:"医圣爷爷,请你显显灵,为孩子小马治治病吧!他日夜咳嗽不止,俺无钱买药,就只有请你老人家大发慈悲了!"她又连磕三下头,抽身站起,看着凌霄和陈抟欲言又止。

陈抟说:"我们是郎中,能让我给孩子治一治吗?"贫妇人说:"大爷呀!我分文没有,怎敢让您为孩子治病呀!"陈抟说:"我不要钱,一定能治好你儿子的病。"凌霄说:"他是医圣爷的徒弟,专为穷人治病哩!"妇人再次叩谢。陈抟为孩子切脉,拿药三包,交给妇人说:"回家后,一包分三次吃,三天就会好的。"妇人接过药后,又向墓叩头,起来又给陈抟叩拜。

陈抟沿途行医,遇山采药,遇富人收银,遇穷人免费,他们的口头语叫"穷汉子吃药,富汉子打钱",这种美德一直被医界继承。

936年十月,陈抟夫妇来到渴望已久的武当山九室岩。这里是大山深处,密林之中,距紫霄宫、太清宫、玉虚宫、遇真宫等敬神祈福处较远,人迹罕至,加之风景秀丽,空气清新,果真像孙君仿所说,是历代逸人高士修身养性之地,至今还留下数处洞府。

陈抟夫妇走近九室岩,一位僧人正和五位老人谈天说地,见陈抟夫妇走来,忙起身相迎。陈抟夫妇忙施礼说:"在下真源人陈抟与妻子凌霄冒然来投,诚心向诸位前辈

悼念医圣墓　义务疗贫儿

进入武当山　喜见同道人

求教。"这位僧人拉着陈抟的手说："久闻尊讳，梦交良久，早想登门拜访，今天幸会，果然仙风道骨，实乃幸甚至哉！"五位老人也近前寒暄。这位高僧说："我要下山云游四方，我的洞府和一处石砌墙、草盖顶的厨房连同厨具都送给你。"陈抟十分感激，备酒答谢，请五位老者作陪。席间听僧人介绍，他姓李名和，河南内乡人，他虽皈依佛门，却爱读老庄，并通五经四书，尤善《周易》。他不以僧为名，却自名麻衣道人。他著作颇丰，《麻衣神相》和以四言诗解《易》的《正易心法》都出于他手。他的热爱与陈抟十分相同，所以二人一见如故，成为朋友。麻衣道人走后，陈抟常写诗怀念他。

  五位老人也爱《周易》《老子》与《庄子》，他们经常来听陈抟讲《周易》。在这一时期，陈抟认真研究河图洛书，绘制出原本只有文字记载而无图形的河图洛书。他对伏羲的八卦无极图亦进行体悟研究，创造性地绘制出"先天八卦图""先天生变图""先天方圆图"，并独创出《太极阴阳说》。他还为麻衣道人的《正易心法》进行逐句注释，对三国魏国的术士管辂有关《易》学的著述也进行学习和探究。他对易学独步峰巅，讲起易经口若悬河，滔滔不绝，令五老叹服。

泉飞涵道性　五老皆同心

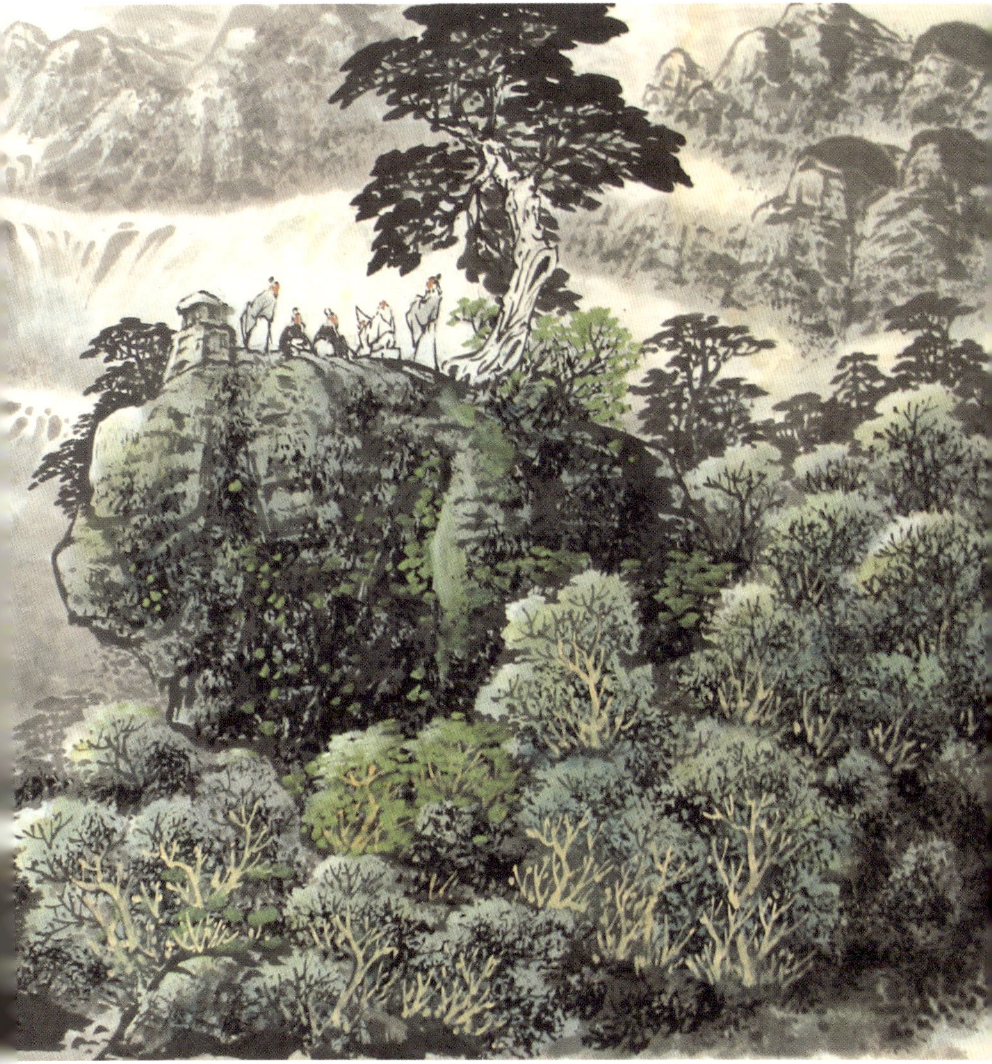

陈抟画传

新绘太极图　亘古天下稀

第廿九回

关心国事同民情
著书立说惠苍生

后唐明宗长兴四年（933年）十一月明宗病逝，其子李从厚继位为闵帝。翌年（934年）正月改元应顺。二月，潞王李从珂起兵凤翔，三月率兵东下洛阳。洛阳禁军将领赵弘殷保闵帝出逃卫州，其妻杜氏因两个孩子拖累赶不上丈夫，流落下乞讨度日。

936年，一天陈抟和凌霄到紫霄宫游玩散心，在路上见杜氏肩挑两个孩子沿路乞讨。陈抟看杜氏虽然面容憔悴，仍不失大家闺范。两个孩子大的四岁，小的两岁，虽然消瘦，但眉目清秀，十分可爱。陈抟的恻隐之心油然而生，拿出五两银子送给杜氏。询问方知，她是赵弘殷的夫人，大孩叫赵匡胤，二儿叫赵匡义。杜氏说："还不快谢谢爷爷和奶奶！"只听赵匡胤说："谢谢爷爷奶奶。"赵匡

赠银助母子　奠定大宋基

义也跟着说:"谢谢爷爷奶奶。"陈抟说:"杜夫人,你这两个孩子天庭开阔,地阁方圆,大眼秀眉,太可爱了,一定会像他父亲一样成为了不起的人物!"两个孩子听陈抟夸他,齐说:"谢谢爷爷!"

陈抟与夫人从重霄宫回来,见五位老人正在练太极拳。五位老人,虽然皆已耄耋高寿,仍鹤发童颜,红光满面,精神矍铄,练起拳来,拳脚灵便,有声有风。一套太极拳过后,老人们坐在树下谈笑风生,精神更加饱满。陈抟和凌霄向老人请教长寿的秘诀。老人说:"人生于静,成长于动;以静养心,以动养生。动静结合,生命长保。动要适度,过则伤筋,猛易伤骨。静则以笃,远离名利,宠辱不惊;虽居闹市,视若无人;虽近花街,心无邪念;四大皆空,无梦沉眠。如龙蛇过冬,蛰伏百日不动,方可益寿延年。邻里乡人都羡慕我们,说我们身体健康,精力充沛,行动起来龙行虎步,说我们像是日月潭中的五条龙。'龙蛇蛰伏法'被称为'五龙蛰伏法'。"

另一个老人接着说:"此外还须养气,气分阴阳,父母所赋之气叫阳气,也称元气。元气汇于精,精气伤,阳气损,故固精保阳,元气壮,精气足。后天之气为阴,保阴可以助阳,保阴在于生活有节律,除充足睡眠之外,饮食宜俭,忌狂饮暴食,少荤多素,同时可常在近水林阴处吸纳新鲜空气。此为人生二气所需而不可或缺也!"

陈抟夫妇对五老的养生之论十分赞同。在此之前,陈

五老太极拳　稳健亦壮美

龙蛇蛰伏功　邈密感陈抟

山岗吟道歌　皆有过师处

陈抟与五老考武当山论蛋伏流夏季王敞写

抟曾于老子的"致虚极,守静笃"中悟出一点虚静入睡的诀窍,与五老相比,自己悟得还不够。由此他对"致虚极,守静笃"有了新的理解,并对龙蛇蛰伏法逐日体验,做到了卧床入睡自然醒。他吟诗《睡中天》曰:

玄之又玄睡中天,无寒无暑也无年。
彭祖寿高八百岁,怎比图南一觉眠。

从诗中可知他的睡不是浮睡,而是不知寒暑的鼾睡,不知岁月变迁之沉睡。在《喜睡歌》中他说:

我生性拙惟喜睡,呼吸之外无一累。
宇宙茫茫总是空,人生大抵皆如醉。
劳劳碌碌为谁忙?不如高堂一夕睡。
争名夺利满长安,到头劳攘有何味。
世人不知梦醒关,黄粱觉时真是愧。

从这首诗中可以看到他的睡只有呼吸不停,不想名利得失,不做黄粱美梦,但也不是"数月不醒",更不是"一睡八百年"。他只是采用龙蛇蛰伏之法,"夕睡晓起"。在答宋太宗问道时,他曾说:"夜深只宿云台观,晓起斋登法箓坛。"可见他的习惯是夜宿,晓起。如果似传说数月不醒,他定活不到一百一十八岁。陈抟之睡,其目的是养

陈抟练蛰伏　山林伴眠处

身健体，而终极目的是健脑以利于著述。废寝忘食是创作不出旷世之作的，只有保证充足的睡眠、适量的饮食，方可有充沛的精力投入到钻研和创作中。陈抟在九室岩创绘了《先天太极图》，著八十一章《指玄篇》，及《正易心法注》等书，皆为旷世之作。如果他长睡百日不醒，恐怕是无书传世的。

凌霄心疼陈抟。她担心陈抟全神贯注地投入创作，时间长了会伤害身体。她为陈抟固定创作时间为半个时辰，时辰到后便拉陈抟去和老人打拳或到深山老林去摘鲜果，她回来后分类酿酒。老人们在酿果酒上有独到的功夫。他们酿出的果酒，香甜适口，饮后留芳。据老人们说，这种果酒醒神、活血化瘀，是理想的养生养颜佳品。这令陈抟对果酒产生兴趣，每天都抽出时间陪老人采集鲜果，参与酿酒。一年中他们酿出了桃酒、杏酒、枣酒、梨酒、苹果酒和猕猴桃酒，每种酒都有鲜果的原味和芳香，美中不足的是果酒度数低，缺乏家乡"陈家酒"浓郁的芳香和炙热的辣味。

凌霄不参与酿酒，她在山坡近水处开荒种菜，种五谷杂粮，养鸡养鸭养鹅。每逢佳节和老人的生日，山下儿女带着孩子和寿礼来为老人祝寿。只有此时，九室岩才热闹起来。年轻人有说有笑，孩子们有吵有闹，老人们高兴得合不拢嘴！陈抟在被人们围着讲易说道，凌霄和闺女、媳妇下厨巧炊。宴会中划拳行令，热闹非凡！陈抟又想起了

採鮮果釀酒 辛巳夏于鄭州 王啟東

深山采野果　釀出香醇酒

家乡的陈家酒。他托来此祝寿的年轻人，为他置办酿酒器具。在老人们的协助下，他又建起了酿酒作坊。经五老承继传播，陈家酒在武当山享誉四乡。

936年九月，石敬瑭尊契丹王为父，求其出兵攻后唐。十一月，契丹兵发洛阳，末帝自焚。石敬瑭称帝建国，史称后晋。契丹王称石敬瑭为儿皇帝，割燕云十六州给契丹，年贡帛三十万匹，致契丹国力增强，成为后来二百余年侵扰中原的劲敌。

一年后，六十六岁的陈抟得知石敬瑭的丑闻，气得绝食，茶水不进，临泉扶松长叹不止！凌霄说："老子曾言宠辱不惊，没人侮辱你，也没人推崇你，你生的是哪门子气呢？石敬瑭认贼作父拿契丹人叫爹，这样不知羞耻的败类，将遗臭万年！你为这样的人绝食，损害身心，值得吗？干脆咱俩换个个儿，你当女人，我当男人！哎！女人也没你这样的！"说得陈抟笑了。凌霄说："石敬瑭建立的晋朝不会长久，自古天下有道者居之！他的所作所为，天怒人怨，我们静待他的灭亡吧！"十年后，果不其然，契丹人攻破了大梁，晋亡。刘知远驱除契丹建立了汉朝，史称后汉。

陈抟忧国绝食　凌霄婉言劝慰

陈抟麻衣论国事
为增道业去华山

951年正月郭威称帝，建国号周（史称后周），建元广顺。郭威原是后汉高祖刘知远的爱将，忠心仕汉。在刘知远推翻后晋驱除契丹人的进程中，出生入死，功绩显赫。刘知远死后，其子刘承祐听信谗言惨杀忠臣。郭威引军去东京进谏，刘承祐引军，以敌相对，被随军杀死。郭威立高祖之侄为帝，麾下将士撕黄旗披在郭威身上，劝他称帝。郭威称帝后改革弊政，厉行节俭，杜绝行贿，销毁宝物以绝贡奉，朝野称颂。麻衣道人为郭威的善政而欢欣。他从华山起程，到武当来见陈抟。自十五年前他和陈抟分别后，二人天各一方，思念日深。这次去见陈抟，他想看看陈抟对泱泱华夏的未来有何看法。

麻衣道人的到来，让九室岩蓬荜生辉。陈抟温酒，五

老兑菜,凌霄下厨。可谓山珍野味俱全,果酒与陈家老酒竞相飘香。客人对酒也不谦让,主人举杯一口干。麻衣道人以诗赞曰:

> 老朽远方来,洞府仍光辉。
> 五老献山珍,凌霄巧为炊。
> 推杯换大盏,尽醉始可归。
> 贫僧开玩笑,洞主酒中魁。
> 李白若到此,自惭其形秽!
> 杜甫赞八仙,十仙才算对。

众人大笑。

当晚,陈抟与麻衣道人促膝长谈。畅叙离别之情后,麻衣道人说:"泱泱中华经过以道治国的贞观、开元天宝之昌盛,至安史之乱,国运日衰,群雄迭起,疆土分割,战乱频仍,至今已一百九十三年,方出圣主郭威,励精图治,以道兴邦,似有初唐世民之象,不知老弟对国运有何见解?"陈抟略思片刻说:"近二百年的战乱,为华夏带来史无前例的浩劫。赤地千里,民生凋敝,普天之下,无不期盼太平盛世的到来。老子曰'道者反之动',近二百年来,道失德亡,已至其极,至极必反,大道上德是烝民所盼,英明圣主是应时而生。五代十国将成过去,太平盛世即将到来!"麻衣道人说:"老弟说得对,天下大势分

麻衣返武当　久别分外亲

久必合，合久必分嘛！"

国家兴隆有望，给陈抟和麻衣道人带来无限欢欣。多年来压在心头的忧国忧民的愁苦瞬间消失，他们开始在巴蜀和荆襄畅游，每到一处，都吟诗作对，以记其兴。

在武当山太清宫老子像前祈祷作诗。

陈抟诗曰：

> 微妙通玄建道宗，慈诚啬俭促德隆。
> 千年老圣名不老，百代继承卓有成。

麻衣道人：

> 上德大道度如来，天下皇王听汝裁。
> 诸子百家尊枭本，鸿达千儒拜师台。

凌霄：

> 忍看春秋王势衰，挥笔两卷躯尘埃。
> 意赅言简道德树，拨乱政通紫气来。

陈抟等三人步出武当山，畅游川鄂湘，饱览天下奇。

一天，陈抟等三人乘舟顺流而下，至白帝城弃舟登峰，缅怀当年刘备意气用事，违背自然，强行伐吴，引来火烧

吟诗赞道祖　释义同道心

连营七百里之祸,临死前将庸才阿斗托孤于孔明,致孔明天才失用,蜀汉丧国。三人感叹吟诗以志。

陈抟:

谨慎谦慈人事和,不谙局势引妖魔。
托孤智者终无用,享乐安羞恨奈何!

麻衣道人:

忠言难劝主人拙,立寨丛林避日烁。
百里连营黉夜火,千军火海怎求活。

凌霄:

鞠躬尽瘁为扶阿,沥胆披肝枉蹉跎。
莫若隆中酗酒醉,吟诗作画笑佛陀。

麻衣道人说:"莫为古人伤心劳神啦,想想我们的归宿吧!"陈抟说:"愿老兄拨雾指津?"麻衣道人说:"老弟六十岁前,踌躇满志,神通百家,图南治国,尽心于民。六十岁后,断绝仕途,与世隔绝,潜心于《周易》、"老庄",留恋于酒,沉迷于睡。长此以往,难有建树。你应该走出武当,到贤达高士聚居的西岳华山,加入道教,与仙结缘,

畅游川鄂湘　饱览天下奇

陈抟麻衣浅游
瓦屋鄂雨
辛巳王振行月住
雨文元方书雨岛

拓宽视野,方可使你的著作涵盖百家,自成一派。"陈抟说:"我生性疏野,不适道教规范,故不想皈依道门。"麻衣道人说:"我皈依佛门,从没有受佛门的清规戒律所约束,也没有晨钟暮鼓去参禅礼佛。但我相信它的经文教义和道家、儒家有互通之处。它对我的易学相术的研究转换,有着不可缺的作用。"

陈抟说:"我在家乡,崇阳道长曾邀我入道,我没入,如今年近八旬,已是个枯叟老翁,又离不开这位缠绕……"凌霄立刻面红耳赤说:"是我缠绕你,还是你缠我?我今天就走!"麻衣道人说:"道教不排斥女徒。你看龙虎山上光大正一道的张天师还有三妻四妾呢,我深知你们是患难夫妻,恩爱有加,怎能分开呢?"陈抟笑看凌霄说:"天涯何处无芳草,愚抟不再缠凌霄!"凌霄说:"玉荷只求破盆居,远离淤泥更逍遥!"麻衣道人大笑说:"凌霄不道心中事,枉说狂语骗僧陀。"大家笑着往武当山来。

当年二月,陈抟、凌霄和麻衣道人告别五老,翻越崇山峻岭,穿过丛林栈道,往华山来。

陈抟吟曰:

> 沿途风光美,甘霖濯皱纹。
>
> 常听异鸟语,谷内少行人。
>
> 人道攀山难,畅然步彩云。
>
> 抬头望远处,喜见观崇门。

是年中秋方到华山云台观。经麻衣道人介绍，道观住持见陈抟夫妇，觉二人并非常人，皆具上德，又是麻衣道人引荐，便择吉日良辰举行收徒授箓。陈抟、凌霄成为道人和道姑，住持要求他们遵守道规道律，早参箓坛，暮诵真经，戒荤吃素。陈抟、凌霄我行我素，不守道规，任意而行。住持看他有吕洞宾之仙风道骨，便不理不问，任其所为。

麻衣指路径　徒步越险峰

穿越崇山栈道
归隐两岳华山
陈抟胸怀五岳之志
西去华岳云霞观
修道养生 庚子冬月
於银河丹徒
元方董殿东

沿途皆秀色　清水濯凡尘

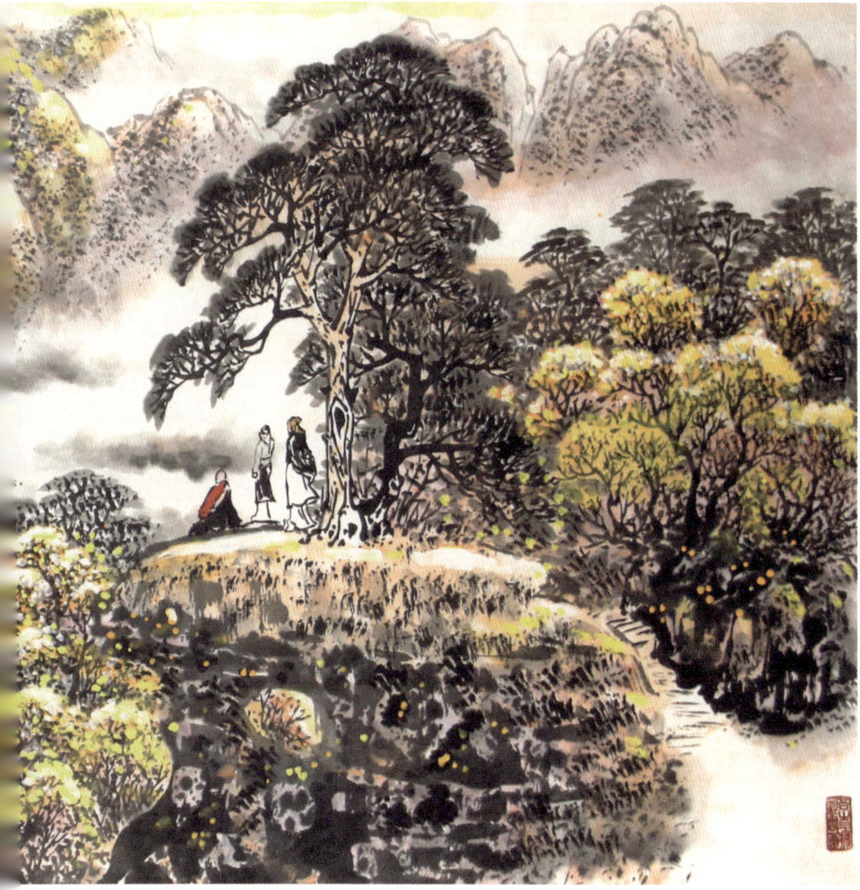

陈抟施恩赵匡胤
群仙诗酒醉博台

一天清晨,陈抟参篆坛后,独自步入道观,立于古松之下,望着飞泉,想起家乡的灵泉飞瀑,一阵远离故乡的孤独袭来。几天来的无酒素餐,实在难以忍受,便转回道观叫上凌霄,夫妻二人走下山来。酒肉的香气随风飘来,二人迎风迈步,走进饭店,要二斤好酒,一个肘子,一只烧鸡,一斤牛肉,大吃大喝起来。

一位壮汉身材魁梧,面色赤红,剑眉凤目,一身锦绣,汗透全身,坐在饭桌上,边喘粗气,边点菜要酒。一盘菜上来,就开始狼吞虎咽大吃大喝。他连吃四个大菜,一盆鸡汤,四个馍。吃喝已毕,堂倌来算账,计三两银子。他左摸右寻,却未拿出分文。原本消失的汗水又布满红脸,他急得挠首跺脚。

第卅一回

陈抟思美酒　夫妇下山来

饭店伙计挖苦说:"这种人我们见惯了,该说忘了带钱了是吧?"这汉子说:"真是忘了带钱了。我的马是朋友刚送给我的,烈性子,不听使唤,我骑上它上蹦下跳,我两鞭子打得它不停地狂奔,直到它浑身是汗才停下来。"堂倌说:"别编了,我们听多啦!不拿钱,你走不了!"这汉子脸更红了,他瞪着双眼怒视堂倌,双手握拳。陈抟走上前掏三两银子给堂倌,说:"我看这壮士确实没有银子了,让他走吧!"堂倌说:"便宜你了,让这位道爷破费了!"这汉子向陈抟行礼说:"多谢道爷!多谢道爷!请问道爷仙讳怎么称呼?"陈抟说:"区区小事,不须通名。"汉子说:"道爷一定要说,我今后好来谢恩。"陈抟说:"那我更不能说了,走吧!"汉子施礼,无奈骑马而去。在马上他反复回忆,老觉得这夫妇二人似乎在什么地方见过。后来才想起来,是四岁时在武当山,母亲挑着他兄弟二人讨饭时,是这位道爷夫妇赠银给母亲,他们母子三人才返回洛阳,找到父亲。想到这里,他勒马转向华山而来。在山腰处远远看见陈抟夫妇和一位老道坐在大石旁边。

他下马上前行礼说:"道爷!我想和您对弈一局如何?"陈抟见这汉子要下棋,微笑说:"对弈可以,但要有赌头。"汉子说:"可以,赌头随你老人家定。"陈抟说:"你身无分文,拿什么赌?"汉子看看周围说:"我赌这座华山。"陈抟看出这个年轻人是想陪他玩开心,以拉近关系,来套他名姓,说:"好!这石头上划有棋盘,石下有

陈抟解囊济潘危困
壮士感恩问仙踪
辛卯夏月 重陶朱

解囊济人危　情结不解缘

棋子。咱们来吧!"二人开始下棋,很快走完五步,便见输赢。汉子说:"我输了!我给您写个欠条,请问您老仙讳?"陈抟笑说:"你下棋是假,套我的名讳是真。可我还是不能告诉你。"这汉子呆站片刻,只得再次行礼,继续追问。麻衣道人大笑,对二人说:"你施恩不图报,品德高尚;你感恩决心报恩,品行端庄,今后前途无量啊!"这汉子再次向陈抟和麻衣道人行礼,无奈而去,中途扭身回头大声说:"此恩我是一定要报的!"说罢便上马下山而去。

这年九月,华岳各峰的道长高道听说陈抟挂单于云台观,纷纷来看望陈抟。陈抟为感激道长的厚爱,定于重阳节中午在博台举行诗酒会。请道童陈中、金庆去送请帖。

九月九日这天巳时,钟离权、吕洞宾、赤松子、壶公、苦竹道人、李阮、李八百、麻衣道人等陆续而来。陈抟说:"诸位道长,贫道刚入道门,一介道徒,蒙诸位道长抬爱,先后舍福下顾,令贫道夫妇深为感激。贫道备薄酒、菜蔬作谢。因道院不准饮酒,我把酒馔分置,在此博台饮酒,酒后回道观就餐。我敬诸位道长三杯。"陈抟饮三杯之后,和众道友同干三杯。之后,向道长依次敬酒。陈抟说:"饮酒无诗,不精神。我以拙句起韵表示谢意。于是朗声吟曰:

陈抟抛息不同般
源手决意永报恩
辛巳夏画毁呆

故意输棋骗陈抟

同道吟诗会　唱出心中玄

华山高峰醉酒会

睡仙陈抟虚怀若谷广结道友，共研查苕吟游作鱼宋太平兴国九年在华山传壶采药高道钟离子吕洞宾壶公赤松子苦竹真人李阮李首和陈抟师尊道人麻衣会上饮酒吟诗若赴瑶台

庚子叁月之末於郑州王殿画

> 春暖鲜花绽开，逍遥台上徘徊。
> 曾饮玉帝灵霄，今踩琼阶翠台。
> 洞内睡未几载，晚霞琴奏独斋。
> 逢人莫论人短，笑看白云去来。

麻衣道人说，陈师弟精通韵律，吟起诗来如龙吟凤鸣。我不通音律，步古韵奉和：

> 苞符之秘误猜，大道奇花两列。
> 出仕入仕同理，上善若水为德。
> 常与道友切磋，百姓心里铭刻。
> 逢人莫论他非，笑与白云去来。

钟离权曰：

> 手执玄妙宝扇，扇除人间祸灾。
> 百姓之心为心，道家爱民忧国。
> 历尽人间冷暖，离尘不离道德。
> 逢人应赞人长，常笑白云去来。

吕洞宾说：

落魄且欠诗才，曾经几度花开。
闷便执金沽酒，一饮千杯开怀。
闲游霄汉琼宇，醉落三茅醮台。
逢人要辨贤愚，笑送白云去来。

壶公道：

壶中自有皓月，四季百花竞开。
闲时常饮琼浆，醉后仰卧瑶台。
逍遥非关名利，落魄不染尘埃。
逢人常有笑脸，笑看白云远来。

赤松子道：

乍离崇山静斋，又越旧隐天台。
洞中村酒方熟，路上群花怒开。
我骨非为凡骨，君才应是仙才。
遇君三生有幸，笑踏白云去来。

苦竹真人道：

岁寒葳蕤不衰，身在修篁畅怀。
琼液堪称珍浆，疗疾医痛除灾。

访道九天揽月，踏云数登瑶台。
　　逢仙莫问佛事，登月拜刚访钗。

白鹿李阮说：

　　战经五代十国，疆土四分五裂。
　　百姓流离失所，庙堂臣乱君衰。
　　力薄难转乾坤，情乱隐居敝斋。
　　逢人难道心语，呆望白云去来。

李八百说：

　　静心尊道贵德，喜看金菊尽开。
　　兴来煮酒九斗，欲动行程八百。
　　常思民众心意，不忘故国情怀。
　　逢人笑侃国事，喜看云飞去来。

凌霄说：

　　曾经暴雨狂飙，屡遇寒霜恶豺。
　　幸见上德挚友，喜读老子道德。
　　前程锦上添花，道院激情满怀。
　　放眼日和景明，抬足白云飞来。

白鹿道士李阮说:"嫂夫人诗切格律,意气干云,愚弟难望项背啊!"凌霄说:"过誉过誉!"这时,种放、张无梦、贾德升三道士携酒上台,给各位道长斟酒。各位道长放量痛饮,皆是一醉方休。小道童跑上台来说:"菜肴已齐,请各位仙长到道院进餐。"道长们袒腹叠肚,东歪西扭地说着醉语,向道观走去。小道童紧随其后,拍手唱道:"众位仙人下翠台,七倒八歪架云彩。你哼他唱说梦语……"道童没了下韵。这时李阮脚踩碎石,身体前倾,摔倒在地。小道童有了下韵,高声喊道:"叭唧一声把腚蹶。"众人扭身抚掌大笑!

世宗下召聘陈抟
匡胤感恩拜睡仙

954年正月，周太祖郭威病，召义子郭荣于榻前说："当年西征，见唐十八陵皆被盗，因其多藏金玉之故。吾死当以纸为衣，以瓦为棺。"郭荣不违父言，以纸衣瓦棺葬之。郭荣（柴荣）继位称世宗，改元显德。是年三月，北汉主刘崇联契丹四万兵攻周。周军寡不敌众，樊爱能率骑兵遁逃，步兵千余降汉。世宗领军督战，宿卫将赵匡胤身先士卒，士卒死战，以一当十，获胜。周世宗重整军纪，斩樊爱能等，升赵匡胤为殿前都虞候，并削减老弱兵将，选拔精壮勇士充实军力。致军强，攻无不克。

955年三月，陈抟为周世宗的治军理国而高兴。他立于古松之下，遥望西峰，见白云起处，飞泉如布；岩石突兀之下，山花似锦。吟曰：

第卅二回

为爱西峰好　即兴赋诗篇

为爱西峰好，岭头尽日昂。

岩花红作阵，溪水绿成行。

几夜碍新月，半山无夕阳。

寄言嘉遁客，此处是仙乡。

　　他久站有些疲倦，便侧卧青石之上，昏昏欲睡。忽听銮铃声由远及近。听人言："施主，这便是陈抟。"陈抟抽身坐起，见一位头戴软角幞头，身穿窄袖长袍的官员从马上下来，站在自己面前拱手施礼说："在下王睦，奉当今天子周王世宗之旨，请先生随旨进京。"

　　陈抟起身还礼谢曰："荒山野岭处，无法焚香叩头接旨，望王大人见谅。"王睦说："先生在石上安眠，易感风寒。我手下兵马都来自农村，会砌石苫草，为先生筑庐栖身如何？"陈抟说："我有斋房，而生性疏野，爱在此青松之下，磐石之上，作为道宫，随地小憩。我曾说，莲山高处是吾宫，出即凌霄跨晓凤。因此不将金锁闭，时时自有白云封。"王睦笑说："先生真乃奇人奇性奇才也！"陈抟说："王大人过誉了，山野村夫，顽性难改。"王睦说："陈先生，你看什么时候动身？"陈抟说："我回庙中准备一下，明午动身如何？"王睦说："好，明天准时敬候。我们回山下暂歇一宿。"王睦以揖告别。

　　为王睦引路的叫种放，他听说周世宗来请陈抟，十分吃惊，心想这位新入道的陈抟能惊动皇上来请，真是位了

卧听看人语　睁目见召官

不起的教中宗师。他飞跑去见住持。住持听后，对陈抟肃然起敬。这时陈抟向他行礼，禀明进京的原委。住持说："无量天尊，太上光顾，让皇上恩加小观，是全观的荣耀。明天全观欢送，以示对皇上的崇敬。"陈抟说："不须如此，不须如此！"

　　陈抟告别住持去见麻衣道长。麻衣道长说："周太祖郭威出身贫寒，即位后力改弊政，其义子柴荣也应有同道同德之处，你应该见机行事。"陈抟拱手说是！麻衣道人吟诗一首道明他素来的主张：

独坐茅庵迥出尘，身无衣钵日随身。
逢人不说人间事，便是人间人上人。

陈抟说："我铭刻于心，一定照办。"吟曰：

华岳峰前两路分，数间茅屋一溪云。
师言耳聩持之久，人是人非闻未闻。

麻衣道长说："我还有打油诗相赠。"吟曰：

手把秧苗插稻田，低头便是水中天。
心内清静方为道，原来退步是向前。

辞行见住持　住持展笑颜

陈抟见麻衣　麻衣道真言

陈抟说："妙！'原来退步是向前'，我以此诗为座右铭，宁愿居下，决不向前！"

第二天，云台观中铺红挂彩，金炉焚香，满院喜气。住持与陈抟跪地听王睦宣读：奉天承运，皇帝诏曰，陈抟先生道德高尚，胸怀韬略，朕久慕才名，诚聘入京，共襄国是，望移仙足，莫辜负朕望，钦此。陈抟接旨，与住持同呼万岁！全院道士同声高呼："万岁，万万岁。"

住持与道士们送陈抟一行至山门外，陈抟挥手作别，随王睦向东京开封缓缓而去。

当天，陈抟一行来到函谷一家客店住下。晚饭后，陈抟问："王大人，听说前朝的太傅，平章事冯道又出任宰相，不知是真假？"王睦说："确有此事，不过去年死啦，死因令人可笑。"陈抟说："为何？"王睦说："他就是墙头草，自唐朝任他为一品大员，后经晋、契丹、汉而至周，四朝五代皆由他出任宰辅。世宗并不信任他，太祖归天，世宗即位，就有人弹劾他。因世宗初登大宝，没敢动他。而他自视甚高，撰书立言，说他五朝为相的经验。弹劾他的大臣中有人写了首诗贴在他的大门旁：'古言忠臣仕一主，精明冯道仕多王。吕布一生三家子，首辅见奶就喊娘。立言自恃显荣耀，难料后人吐谤腔！内奸外滑伪君子，契丹为尔发孝装！'冯道看后气绝身亡，朝堂内外无不捧腹大笑！"

陈抟说："世上多数是人容天不容，而冯道是天容人不容！"王睦说："听相府内部人说，在唐明宗时，有个

陈抟问冯道　冯道出笑谈

锦衣秀服红脸汉　跪称仙师解难人

举子才华出众，而冯道却说他诬蔑先皇，三番五次加害于他，置他于死地。冯道本该千刀万剐！"陈抟说："有的人死了，人们都在怀念他，这叫虽败犹荣，死而不亡者寿；而有些人，譬如冯道，活着人恨他，死了人骂他！所以人活着应像苏武，面对死亡忠心不变，要像救孤的程婴，为正义而灭亲救孤，令千秋景仰！"王睦点头称是。

第二天一早，二人骑马赶路，在大梁西郊见县丞率役卒在插标划界。王睦对陈抟说："圣上召令扩建京城，这是在规划街道。"陈抟进入城里，在招贤馆下马，住进一栋豪华客房。王睦说："先生在此小憩，我进宫奏明皇上，看皇上何时让您进宫。"王睦走后，馆主亲送茶水。陈抟净面用茶之后，漫步于街道，见以往高耸的楼台殿阁如今被契丹人烧毁，仅存一道道黑墙。他不由自主地想到以前曾随陈抎来这里参加朱温的就位庆典。四十五年过去，大梁数易其名，屡经战乱，至今已面目全非。他看到明主理国，重修这座历史悠久的文化名城，满心欢喜。

他畅想着走回宾馆，只见王睦领着一位内着宝甲、外披红袍，面庞赤红的将军。将军下马走近陈抟，他认真细看后说："王大人，这就是我的恩人！"他转向陈抟说："四年前我在华山脚下，是您老人家解囊相助，使我摆脱困境。"他说着跪了下来，感恩地望着陈抟。陈抟说："我记得你……"王睦说："这是殿前都虞候赵匡胤大人。他听说你来，就打听你的长相。听我介绍之后，就来看您来了。"

第卅三回

匡胤细说世宗意
陈抟挥毫献国策

　　陈抟搀起赵匡胤说："当时你浑身是汗，像一个落难的公子，如今你一身将军服装，面带喜气，英气凛然，我倒认不出你了！"赵匡胤说："我当时求问仙讳你闭口不说，后来我想以弈棋引你说出名讳。谁知你未卜先知，还是不说名姓，我只有无奈离去。返回后常想到华山致谢，怎奈公务繁忙，脱不开身。恰好圣上召仙长来京，这真是天遂人愿，得遇恩人。"陈抟说："不知圣上何时召见？"王睦说："圣上说陈先生鞍马劳顿，今天晚上好好休息休息，明天早朝之后圣上在礼贤殿主持御宴，陪陈先生畅谈国事，今晚……"赵匡胤紧接着说："圣谕正合我意。王大人代我处理一切事务，我代你陪陈先生谈心。"

　　王睦走后，赵匡胤说："我当时看您老人家就是上神下界来救我，方使我一帆风顺得遇明主，今后还望陈先生拨雾指津。"陈抟说："虽然当时不知尊讳，去春二月听说你在高平之战中，身先士卒，驰犯敌锋，杀北汉饶将，北汉大败。将军荣升殿前都虞候，扶摇直上，看来将军实有令尊之才而过之！今天相见实在令贫道欣慰。"赵匡胤说："先生过誉，过誉。我马上让弟弟匡义也来向您致谢！"当晚，赵匡胤一身便装与赵匡义、赵普来宾馆设宴，陪陈抟畅饮。

　　酒过三巡之后陈抟说："不知圣上让贫道来京有何训谕？"赵匡胤说："圣上胸怀大略，力图尽快完成统一大业。要求群臣献计献策，编成《为君难为臣不易论》和《平边策》两部专著。圣上想请您老人家参与其中，把您的治国理民之道、用兵布阵之法融入书内，利于当世，惠及千秋。"陈抟说："圣意鸿猷，顺天应人，必有大成。理应全力为之，奈贫道久居山林，不理军国大计，唯恐有负圣恩。"赵匡胤说："先生不必过谦，圣上知你曾助李嗣源出谋划策，方有国兴民康之盛。"陈抟说："此说名不副实。"赵匡胤说："闲话至此，我与先生再痛饮几杯，与先生道乏！"四人开怀畅饮后，赵匡胤等三人方离开招贤馆。

　　翌日，早朝过后，王睦和赵匡胤来请陈抟去礼贤殿朝见世宗。世宗说："久慕仙讳，景仰至深。朕戎马倥偬，不通文墨，不谙政务；知仙师文铺锦绣，字若珠玑，胸怀黎庶，凤志兴国。望仙师出山，大展宏图。此乃周之兴

陈抟识匡胤　华山曾相识

饮酒谈往事　弟兄更感恩

觐见周世宗　皇上甚谦恭

旺，朕梦所期也！"陈抟拱手曰："圣上见爱，令贫道汗颜！吾久在山野，不闻国事。况皈依大道，笃守清规，若背离初心重返红尘，定遭同道厌弃。"世宗笑曰："道祖老聃，仕周半百，始有五千箴言立为真经，陶弘景绘牛明志尚有'山中宰相'之誉。三国孔明，以道仕蜀，创建不世之功。仙道入仕建立功业者不可胜数。望仙师思之，朕不强求，望仙师暂住于招贤馆，由王爱卿作陪，到京城各处观光游览。赵爱卿，大开御宴为仙师接风洗尘。"

宴会上，世宗谈笑风生，致气氛融洽，令陈抟十分感动。

陈抟坐辇回招贤馆，见有美妙女仆相迎，下辇后，令馆令辞去女仆，改换男佣。

翌日王睦陪陈抟骑马游于禹王台，在澄心亭坐下，二人促膝交谈。王睦从世宗浚胡卢河以御契丹，疏运河直达梁州，谈到世宗的减税益农、减庸精兵和从谏如流、著书刻经，令陈抟认识到周世宗是当今难得的明主。王睦说："良臣择主而事，良禽择木而息。望仙长出山仕周，创建伟业，流芳百世！"陈抟说："谢谢王大人，容贫道三思。"世宗得知陈抟的这番话后，感到陈抟仕周有望，便安排王睦细心照料仙师，并说："昔日刘备为聘孔明，三顾茅庐，吾五聘何妨？！"

陈抟在宾馆沉思，周世宗的论断和王睦之言又在他耳边响起：以大道立身处世的诸葛孔明，为蜀汉争得鼎足立国，为统一大业而鞠躬尽瘁，可昏聩的阿斗却把蜀汉基业

王睦说柴荣　政业感公卿

葬送予曹魏；南北朝时期的陶弘景，仕齐为殿中将军，入梁后隐居，不仕梁武帝，武帝每遇大事难题，必向其请教，陶弘景为国计民生，对梁武帝有问必答，方有"山中宰相"之誉；而他陈抟的重心始终在著书立说、以利烝民而济后世上。想至此，方认为陶弘景是道的楷模。他把馆令唤来说："近两日我闭门沉睡养性，饮食照例，不许外人打扰！"他挥毫向世宗进谏。

王睦几次相访，都被馆令以陈抟闭门鼾睡劝回。赵匡胤来此，听见馆令小声劝慰也悄悄离去。两天后，朝王见驾之日，陈抟让馆令去请王睦和赵匡胤。馆令来到王睦府上，门卫说："王大人朝王见驾去了。"他只好坐等王睦归来。王睦回来后，听馆令说陈仙师要见他和赵匡胤，便去找殿前都虞候赵匡胤。他们二人来到馆中，不见陈抟，只见书案上摊放着一叠奏折。王睦看后，大吃一惊。这时馆令走来说："陈仙师让我去请二位大人，我走后，陈仙师在马棚中找到他骑来的白马，出馆后跨马扬鞭向西跑去。"王睦连连叹气，赵匡胤计算一下马的行程，陈抟已在二十里以外。赵匡胤收起奏折去见世宗。

世宗展开奏折，上写：

圣主陛下：

蒙恩下顾，不胜感激，贫道人微无知，斗胆妄言，浅见愚识，恳请斧正！

畅怀论国事　属文献宏谋

圣上宏图大略，汉武难及，海量天德，唐宗怎比，慧明神聪，刘备退居！前听圣谕，深感统一有望，复兴在即。

叹华夏圣土，二百年来，战事频仍，农田荒芜，赤地千里，民生凋敝。虽有名主，叹有叛贼，虽殚精竭虑，不能统一。其因是天道有失，君暗臣昏，致兵骄民困，奸党内炽，武夫外横，文痞内分。今应取之：彰道弘文，进贤才退不肖以收其才；恩隐诚信以结其心；赏功罚罪以尽其力；去奢节用以丰其财；减赋荡敛以安民心。民心大顺则天道必从归，则一统有望也……至于排兵布阵，吾远不及陛下。望陛下原谅贫道僭越礼仪，不辞而别。而皇恩难忘，铭刻肺腑。待乾坤升平，四海归一，贫道自来设醮致贺，再谢隆恩。

恭祝

政通人和，国泰民安。

贫道陈抟敬上

另有小字一行：暂借马一匹，寄放中牟县衙。

世宗看后说："文铺锦绣，字若珠玑，难得的奇才也！"遂赐号"白云先生"，备礼送往华山。

王睦赵匡胤 恭奏周世宗

骑驴授课说玄理
文武兼施警世顽

陈抟马上加鞭来到中牟县衙前下马,向衙役行礼说:"烦都头向县令交代,道人陈抟暂借大周世宗宝马一匹,暂寄贵县,不日由王睦大人派人来领。切记切记。"说罢飘然而去。衙役向县令回禀,县令只好让人把马送交王睦。

陈抟在牲畜市场买黑驴一头,骑上毛驴向华山而来,当晚住宿山间小店。第二天早晨用过早餐,牵驴走出店房见大雾漫天,灰蒙蒙看不到十丈开外的景物。陈抟上驴缓缓而行。路经耙耧山下见三个青年从雾中走来。他们逐渐接近,看到陈抟骑驴而来,跪地拦道,口称:"师父,弟子贾德升、种放、张无梦奉住持之命来保护师父回山。"陈抟下驴搀起三位年轻道士。种放说:"我三人来迎师父,还有一个请求。"陈抟说:"什么请求?"张无梦说:"我

第卅四回

雾散红桃现　师徒见狂徒

们要拜您老为师,在山上已拜过师母,来请老师仙安!"陈抟说:"你们三个先拜师娘,再拜师父,我若不允,其罪大焉!"说得三人大笑。师徒四人前行,太阳从东边山缝中露出脸来,霎时雾消云散。他们来到一处山坳,见桃花盛开,张无梦说:"我家三月桃花尽。"种放接:"不知转入此山来。"陈抟说:"一山有四季,南北花不同,上下各有别。故老子提倡'万物并作,吾以观复'。"观复"不是看一时一刻,而要看从生到死。譬如评价王莽,即帝位之前,他对人谦和慈善、忍让包容,俨然一位君子之相,而其内心的奸诈阴险不为人知。当他篡位之后,他的丑恶内心才暴露无遗。再看近几十年来的梁、唐、晋、汉各代帝王,尤以石敬瑭为逆,他以忠诚赢得唐明宗的信任,成为当朝驸马,岂料这位皇上的娇客贵人竟然叛唐,认契丹王为父,出卖疆土、百姓,换得了他的九五之尊。我们从道者,不但要从这些人的转变中理解运用观复,还应理解做人应该少私寡欲、勤俭做事、诚信为人,不可外披仁义道德,内藏诡诈奸佞,虽得当时荣耀,却要遗臭万年!"贾德升和张无梦点头称是,种放却大为吃惊,他投师陈抟的目的不是学道,而是想通过陈抟进入仕途,平步青云,扶摇直上。老师的话字字句句刺探他之内心。他正在思索,忽听前面有女人的哭声,抬头看时,见前面一个穿锦挂玉的男人正在暴打一个女人,女人被打得就地翻滚。男人用桑条一边抽打,一边骂着。另一位穿绫扯缎、粉脂浓抹的女人在一旁奸笑。张无梦上前去拉男人，男人顺手扬起桑条向无梦抽来，无梦举手抓住桑条，下面一腿横扫，男人倒地，翻身跃起和无梦打在一起。

陈抟高声断喝："住手！"他跳下驴来，问男人："你怎么往死里打一个弱女？"男人说："她是我老婆，我打她犯法吗？"陈抟说："我和你辩不出法犯何律！我认为夫妇应相互尊重，和谐相处，互敬如宾。你这样绝情地打她，其目的何在呢？"男人说："我要她离开我！"陈抟说："夫以妻为家，为什么逼她离开呢？"男子说："她妨碍干预我们的生活！不杀她就算是大恩大德了！"陈抟说："我明白了，你又有新欢，见新厌旧，问心无愧，理所当然。几年之后，又有新爱，受打挨骂的当是这位小姐了，对吗？"男子说："是又怎么样？你管得着吗？"男人扬鞭打向陈抟，种放夺过鞭子，无梦一拳把他打倒。与此同时，那个站着笑的女人，笑容消失，扭身走去。男人爬起去追女人，被打的这位女人跪向四人谢恩。

陈抟问受害妇女，得知这个男人叫赵行，其父赵思绾仕晋为长安节度使，抗命不降后汉。汉帝刘知远及将军郭威率军围城，城内军粮尽，父子二人取妇女儿童命为食，赵思绾以人胆沁酒食之。赵行见这妇女貌美，强行占有。城破，赵思绾降后被杀，赵行假扮农夫携金银与妇人逃至耙耧山中，聚众劫掠，抢良家女淫乱。妇人屡劝不改，他担心妇人报官，便想杀之以绝后患。现在妇人距娘

陈抟直言劝　狂徒另有图

州史奉王命　赠礼予陈抟

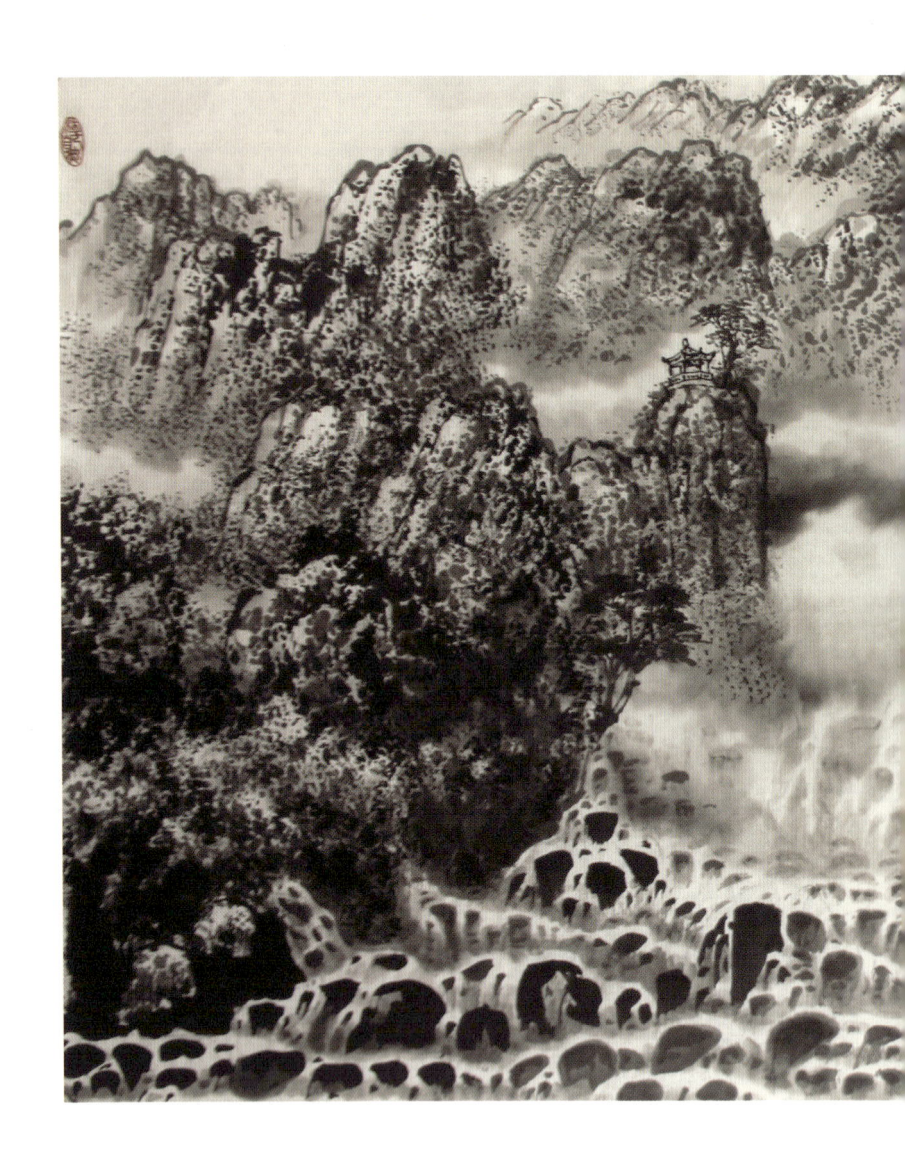

白云希夷陈图南　临泉服气练内丹

白雲乖戾
陳雷兩作
泉脈氣珠
內丹 辛巳夏
於張汀丹壇
廬者王國

313

家甚远,距匪巢切近。无奈之下,陈抟让妇人骑驴,师徒步行欲送妇人脱险。西行半里,赵行率三人各持刀剑挡住去路。赵行命三人去战陈抟师徒,他挥刀砍死妇人,立于山岗,看六人争斗。眼观那三人中一人被无梦杀死,一人胆怯欲逃,一人刀被贾德升一剑架飞,赵行急上接战,贾德升被逼发招,一剑刺入赵行右腿,赵行倒地。其余二人跪地求饶。陈抟说:"我们既皈大道,若非被逼,绝不伤人。我知你父子,爱酒沾人胆而食,在长安食人无数,今杀你也难解天下人之恨。我们有尚道好德之心,饶你不死,望你们洗心革面,重新做人。如执迷不悟,死期不会太远。"陈抟上驴,四人西去。

  陈抟此次奉诏进京,令群臣震惊,并使华山道释两派感到荣耀自豪!周世宗亦对陈抟念念不忘,令华州长吏岁时存问。周世宗显德五年(958年),命刺史携帛五十匹、茶三十斤赐陈抟。云台观住持愿让位于陈抟,陈抟坚辞不受。年轻的道士纷纷拜陈抟为师,俗家子女也来拜师学道。一时间,徒满为患。为了著书立说,陈抟以嗜睡为借口,闭门不出,对外扬言:长睡不醒。《宋史》说他"寝处每百日不起",真源人说"陈抟老祖一觉八百年"!他从不辩驳,任人评说。他在研究魏伯阳的《参同契》,在内丹的修炼上也独步当代,开启了宋元时代道家丹功的新纪元。

第卅五回

太宗五次召陈抟
睡仙四字授太宗

　　周世宗显德六年（959年）四月，周世宗率军北征，兵不血刃而取燕南各州，后因病班师。当年六月世宗死，其子宗训七岁即皇帝位。960年正月，赵匡胤发起陈桥兵变，黄袍加身，称帝建宋朝，改元建隆。李筠、李重进先后反宋，俱败。一日，陈抟骑驴下山访友，路上听人谈论赵匡胤谋权篡位之事。他起初并不相信，认为赵匡胤知恩必报，柴荣对他亲如手足（传说曾结金兰之好），临终托孤，他怎么会背信弃义而谋权篡位呢？他又到一处，见仨一簇俩一伙在骂赵匡胤和朱温、石敬瑭是一路货色。陈抟听着群起的叫骂声，气得浑身发抖，头昏眼黑，身子一歪，掉下驴来。在场的百姓，忙去搀扶陈抟。陈抟苏醒后，向人们致谢，满含愤懑返回华山。

宫廷中的臣僚听到此事，回报给赵普。赵普却说："这事我早听说了，说是陈抟因惊喜过度，从驴上掉下来的！你没想想，圣上和睡仙是忘年之交，过命的好友，只有高兴，哪能生气呢！"报话者只好唯唯而去。

961年，赵匡胤多次派人奉诏去见陈抟，恭请出山襄助治国安邦，陈抟因恶其兵变，以黄袍加身掩其篡国称帝的丑行，拒不应召。赵匡胤亲写召书命人去请，陈抟看完召书说："创业君王，天之骄子，诚信加于海内，盛德施于臣民，政通人和，何须村夫俗子狂言误国。"遂于召书之后写道：

九重天诏，休教丹凤衔来；
一片野心，已被白云留驻。

使者回朝，未敢以陈抟之言相奏，仅以此召书敬呈。赵匡胤看留言后，沉思微笑不语。他深知陈抟对后唐明宗和后周世宗皆是一召即到，而我赵匡胤再三聘任却以片言了之，足以表明陈抟对他篡位的不满，但对这位能洞察秋毫的恩人，也只能一笑了之。

976年十月赵匡胤死，相传为其弟赵光义（原名匡义）锤击而亡，引起国人的议论。赵光义即位为太宗，改元太平兴国。宋太宗太平兴国二年春，太宗令使臣奉诏召陈抟出山。陈抟对宋太宗的即位，极为不满，以诗奉太宗曰：

> 抟本一闲人，于世无所用。
> 不晓治国策，圣诏难从命。

使臣回京面君，将陈抟诗呈上，太宗看后题诗曰：

> 曾闻前朝号白云，后来音信杳无存。
> 如今若肯随征召，愿把三峰乞与君。

诗成之后，特命葛守忠去华山见陈抟。陈抟读太宗诗后，赋诗曰：

> 草泽吾皇诏，图南抟姓陈。
> 三峰千载客，四海一闲人。
> 世态从来薄，诗情自得真。
> 乞全麋鹿性，何处不称臣。

葛守忠回朝，将陈抟诗呈上。太宗看后又题诗，让葛守忠重去华山。葛守忠将太宗的诗呈于陈抟。只见五律一首：

> 华山多传闻，知君是姓陈。
> 云间三峰客，四海一闲人。
> 丹鼎为活计，青山作近邻。
> 朕思亲欲往，朝堂难脱身。

使臣葛守忠　奉诏请陈抟

陈抟看后又步太宗韵以七古作答：

《道德》《南华》伴清宵，布衣不愿穿紫袍。
野鹤不是经纶手，怎入朝堂应征召。

葛守忠说："陈仙长，何须过谦，我有拙作奉和。"诗曰：

华山三峰客，幽居不计年。
烟霞为伴侣，云水作家园。
种药茅亭畔，栽松涧壑间。
暂辞仙境去，可应帝王宣。

陈抟说："谢葛大人抬爱。还望大人代谢圣上，让贫道长居三峰为好。"赋诗曰：

九重特降紫袍宣，才拙深居乐静缘。
山色满庭供画幛，松声万壑即琴弦。
无心享禄登台鼎，有意为仙到洞天。
轩冕浮云绝念虑，三峰只乞睡千年。

葛守忠劝不动陈抟，只好回朝以诗句向太宗呈奏。宋太宗随赞陈抟曰："抱道山中，洗心物外，养太素浩然之气，应上界少微之星。节配巢由，道尊黄老。怀经纶之长策,不谒王侯;蕴将相之奇才,未朝天子。"太宗当即题七律一首,交葛守忠再去华山。

陈抟展卷见太宗诗曰:

三度召卿不赴朝,关山千里莫辞劳。
凿山选玉终须得,点铁成金未是烧。
紫袍绰绰宜披体,金印累累可挂腰。
朕赖先生相辅佐,何忧万姓缀歌谣。

陈抟见太宗即位后勤政理国,今又以"凿山选玉"之志,"点铁成金"之诚,只好随葛守忠进京。陈抟在礼贤殿晋见太宗,长揖曰:"贫道乃山野庸夫,蒙圣上多次降旨,感隆恩深厚,自觉浅陋,有负圣望。"太宗以诗问道:

知卿得道何许年,镇日常吞几粒丹?
可许鬓边无白发,还疑脸上有童颜。
夜深宿向何方观,晓近斋登甚处坛?
肯为朕躬传妙诀,寡人拟欲似卿闲。

陈抟口占奉和:

臣今得道数许年,每日常吞二气丹。
琼浆饮时添漆鬓,蟠桃食后驻童颜。

夜深只宿云台观，晓近斋登法箓坛。

陛下若问修养法，华山深处可清闲。

陈抟说："华夏一统，天下归心，全赖陛下苦心竭虑。其功昭日月，业绩垂千古，岂是修仙了道、独善其身者可比。"太宗甚喜，命宋琪暂送上等馆舍驻足，并为陈抟兴建太清楼，以期他日问津。

一日，陈抟睡足，去见太宗说："贫道久居野岭，以静为乐，望圣上完我的癖性。"太宗说："朕为仙师筑太清观于京，想以观长留仙师于阙下。"陈抟说："我正在研究《周易》等古经轶著，功成之日，再来陪圣上吟诵释怀。"太宗说："只好听从君便了。不过寡人欲征河东，不知可否？请仙师以决。"陈抟曰："攻其强，莫若攻其弱。昔日范蠡伐吴之策也。吾观汉尚强，待弱攻之必克。"太宗攻事已俱，没从陈谏，果然败归。

陈抟辞别太宗，在返回华山的路上吟诗一首：

十年踪迹走红尘，回首青山入梦频。

紫绶纵荣争及睡，朱门虽富不如贫。

愁看剑戟扶危主，闷听笙歌聒醉人。

携取旧书归旧隐，野花啼鸟一般春。

陈抟回到华山，命贾德升、种放、张无梦率弟子在

陈抟见太宗　以诗相呼应

莲花峰下的张超谷中选址凿石为室,半年方成。陈抟见石室三栋,户牖朝南,阳光充足,可以著述、讲学;室前坡地夷平,可以练武健身;东侧有厨房,西侧有茅厕,室内窗前可览南山风光,闲坐松下可听谷底泉声。978年秋初,陈抟移居于此,各观住持和贤达高士皆来贺乔迁之喜。即席赋诗、撰联甚多,聊录一二,以记其盛:

楹联:

一

美轮美奂三石宇,三出三进四辞召。

二

仙师静处圣贤地,高士凌风极乐天。

赞诗:

一

莲花怒放白云绕,石室敞开紫气来。
卧看劲松栖彩凤,喜听泉水颂高才。
徒众三千遍四海,贤士五六布三台。
皇王仰慕华山客,西望霞飞空自哀。

二

一代宗师高古风,百家囊括谱新声。

恩施黎庶千行泪，怒击昏顽百代钟。
巧绘太极明卦理，指玄天道谙虚空。
承继理学开宗纪，烁今振古千秋功。

宋太平兴国九年（984年）正月，宋太宗颁召，募中外图书，分优劣酬奖。不愿送官者以借抄写后送还。

宋太宗知陈抟著作颇丰，特命使送达上意。陈抟获悉后，尽力整理抄写多年著作，并命高徒工笔抄写，到当年九月已整理抄写出《指玄篇》《钓潭集》《正易心法注》《周易释疑》《三峰寓言》《高阳集》《人伦风鉴》《图南诗抄》等二十多部（大多未能流传），摞叠高过其身。当年十月，奉诏驱车，载书进京。太宗盛赞其功，赐锦绣紫衣一袭，并赐号"希夷先生"。

陈抟以诗谢太宗曰：

深睚龙目极八荒，透视古今集智囊。
千卷古籍成至宝，百家方略汇成洋！

太宗曰：

遗书藏智道德范，教化之本治乱源。
集腋成裘铸重器，襄国康壮利瀛寰。

凿石为室住仙翁　道友题诗赞大成

陈抟著等身全部献出宋太宗盗赞其德

太宗按搜天下奇书　召陈抟奉书进京

陈抟题"远近轻重"送太宗

太宗说："仙师历经百年动乱，阅历丰富，饱读经书，深谙治国方略。您看当今四海清平，疆域一统。今后朕还应做些什么？"陈抟挥毫写下四个字：远近轻重。太宗不解其意，陈抟说："远者，远招贤士；近者，近去佞臣；轻者，轻赋万民；重者，重赏三军。"太宗赞许。又问："昔日尧舜之世，被赞为'尧天舜日'，你看当今能与其相比吗？"陈抟说："土阶三尺，茅茨不剪，其迹不可及！然能以静为治，即今之尧舜也！"上喜，又说："闻仙师擅长相术。朕望仙师到三子（寿王）府上，看看他可有储君之相？宋卿，你陪陈先生……"陈抟忙说："不须丞相作陪，我独自前往更便行事。告诉我路径方可。"宋琪给陈抟指路，陈抟离开太宗，悠悠然向寿王府走去。

陈抟来到寿王府，见门卫二人，细观之。一门卫向陈抟行礼说："先长光临王府，有何训谕？"陈抟说："无事闲来，多有打扰。望莫见怪！"陈抟以揖告别，回见太宗。太宗说："仙师如何仓促而返？"陈抟说："君正臣贤，主正佣廉，吾观寿王门上卫士谦慈有礼，皆具廉洁将相之相，何须再见寿王！"太宗听后，深信陈抟之言，便立三子为太子（即后来的真宗赵恒）。

太宗又问陈抟修炼之事，陈抟避之而言他。太宗便私嘱丞相宋琪再问之。丞相设宴相府，邀陈抟赴席。宋琪说："先生得玄然修养之道，可以教人乎？"陈抟说："山野之人，与时无用，亦不知神仙黄白之事，吐纳养生之理，非有方术可传。假令白日冲天，亦何益于世！今圣上龙颜秀光，有天下之表；谙达古今，深究治乱，令四海升平，百业隆昌，真有道仁圣之主也！目下正君臣协心同力，兴化致治之秋，勤行修炼，无出于此。"宋琪以此言向太宗上奏。太宗甚喜，留拷于阙下，令有司增葺云台观并赠相和诗赋。数月放其还山。

陈抟见微知著　荐寿王为太子

陈抟论玄术　宋琪称许之

五世同堂天伦乐
百岁寿星世称神

　　陈抟身着锦绣紫袍返回华山，在张超谷口拾级而上，只见四个男孩、一个女孩在凌霄的带领下，拉手抱腿把陈抟围住，叫"老爷爷"。陈抟走上台来，一个年近六十的男子跪地，口称"爷爷"叩头行礼。凌霄介绍说："这是陈信的儿子陈启，这是陈启的孙子陈木、陈土，这是陈义的重孙子陈水、重孙女陈金，这是陈仁的重孙陈火。"陈抟抚掌大笑："我们已是五世同堂！"五个孩子围着老爷爷狂呼大笑。陈启要孩子们散开，请老爷爷进屋吃茶。他让孙子们整齐站好，背《道德经》。清脆整齐的童音，令陈抟、凌霄和陈启随着背了起来。

　　宋太宗雍熙二年（985年）正月初五，是陈抟一百一十四岁生日，孙子陈启和五世孙金、木、水、火、土为给

第卅六回

陈抟重孙来华山

陈抟庆贺寿辰,都在华山过新年。初五这天,贾德升、张无梦和道徒分批在道乐声中向陈抟夫妇叩头祝寿,下午众徒离去,五个重孙拉着太爷爷来到窑洞外,在凌霄的琴声中翩翩起舞。凌霄边弹边唱:

不参禅,不慕仙,皈依大道悟真玄。
不入仕,不求官,爱山乐水顺天然。
静于睡,休于眠,吞液吐纳炼内丹。
读南华,爱老聃,不信白日可升天。
解周易,析玄元,麻衣相书通内涵。
笃观复,看世变,透析沧海变桑田。
心在民,任在肩,著书立说不为钱。
爱诚信,恨奸顽,不爱奢华爱清廉。
抟扶摇,志图南,希夷白云揽宇寰。

陈启和五个孩子从十一月十六到次年的元宵节,两个月内他们说的都是喜事。陈抟问到哥哥陈搏和嫂子媛秋,他们异口同声地说"健康、结实",陈抟知道他们在说假话。按时间计算哥哥已经到一百二十岁啦,为了过个快乐幸福团圆年,陈抟夫妇以假当真。元宵过后,凌霄把金妮叫到暗间说:"小乖乖,老太奶奶待你们好吗?"金妮说:"好。"凌霄说:"那你怎么还骗老太奶奶呢?"金妮怔了怔说:"爷爷奶奶在家叮嘱我们不准说大太爷和三个老爷

凌霄鼓琴群童舞　银雪献瑞鹤添筹

的事。"凌霄说:"我和你太爷都算出来了,你还瞒着就不好了。"金妮只好向太奶奶说实话了。原来三十年前陈搏夫妇就已经去世了,后来陈信、陈义、陈仁和他们的夫人也相继走了。凌霄为此掉下泪来。陈抟早已料到,倒没过度感伤,仅有一股酸楚力透全身。

叶落归根,人老思亲。凌霄的心思常在曲仁里和辗辕山间流转。陈启和五个孩子也在想家,他们想和陈抟一同返里,而陈抟还沉浸在内丹修炼和睡功的融合上,他不愿离开这清幽的环境重返尘嚣。

二月初二,他送凌霄一行东去,看着凌霄惜别的泪水,听着孩子们的哭泣声,目送亲人远去。他还招手呼唤着金、木、水、火、土的名字,眼中含着泪水,直到亲人们消失在山的背后,他才转身回到石室。他的心随凌霄他们飞向曲仁里,百十年的辛酸往事一幕一幕向他涌来:窗外听书,太清习武,结缡一华,邂逅凌霄,鹿邑遇险,父母遭难,东都赴考,冯道加害……是那么的清晰,那么切近。他为苦难心酸,为艰险流泪!他也为过去的峥嵘岁月而欣慰,正是这坎坷惊险的不平凡的人生,使他认识了这个动乱黑暗的社会,看清了社会中的人情冷暖和善良丑恶!更令他自豪的是他长年研究过的老庄哲理,在现实生活中得到了验证和升华,他有幸为后人留下二十余部著作。他感到这一生没有白活,他开始检查自己的创作还有哪些不足之处,并决心在有生之年对所有作品进行修正润色,提升

陈抟送亲人归里

质量。在修正改误的间隙，他练书法、画墨竹、炼内丹和修睡功。

凌霄率家人东去，在辕辕山她见到堂兄的重孙们，听他们说婶母和兄嫂等早已过世，凌霄老眼流泪。又到东山去看大难、凌云和乔润，他们也已不在人世。她们回到曲仁里，也没见到柱子、杠头和允生，仅有他们的后代来看望她这个百岁老人！她又想起老伴陈抟，她多么想返回华山，去见老伴，说说她内心对故人的哀伤！

随着时间的推移，陈抟的道友一个个驾鹤西去。有人说白日升天，可这些道友没有一个能重返华山与陈抟饮酒赋诗。高徒种放去宋廷三年，在朝为官，身边也仅有贾德升、张无梦和十多位年轻弟子常来石室看望陈抟。宋太宗端拱二年（989年）七月二十二日，陈抟梦回曲仁里，步入陈竹园，他和允生、柱子、杠头、一华、寒春等来太清宫中练武，这时张禄等一群匪徒闯入场地，架起一华就走，他惊叫一声死去。

陈抟的惊叫惊醒了贾德升。他点亮油灯，见师父闭目仰卧，鼻息无声，连唤数声，不见苏醒。众徒听唤声醒来，跪在床前大哭。贾德升让张无梦去揭冰窖，取冰置于师父身旁，命人去云台观报丧。贾德升率徒买回来棺木，抬师父入殓。翌日，云台观住持在院中举行祭奠诵经，超度陈抟升天。六天后，宋太宗派种放携祭礼幢帐祭奠陈抟。

当年八月，种放奉旨来陈竹园为陈抟建祠。一百零六

功业侔天寿　上德与地齐

岁的杨凌霄,闻陈抟去世,宋太宗敕令建祠祭祀丈夫,她张口欲哭,却气绝身亡。家人、邻里举哀。第二年陈祠建好,殿中塑陈抟金身,宋真宗时又塑贾德升、种放、张无梦、苗训为陪侍。两宋、金、元时,陈祠香火极盛,元末毁于兵火,明初重建,至清中叶,颓废殆尽。

步韵赞之:

生于乱世志图南,遍览百家寻智渊。
五代十国连战火,四分八裂争皇冕。
救民无缘满腹恨,修道有德一望牵。
三度执鞭教圣主,四辞朝命避王权。
常吟诗赋明心志,不梦黄粱炼内丹。
著述等身功业就,千秋享祀笃香烟。

宋太宗为陈抟建祠

2017年4月，鹿邑县委县政府决定重建陈抟故居。规划用地270000余平方米，建筑面积75250平方米。建成睡仙园、太极园、无极园和五座具有唐宋风格的民俗院落。睡仙园中设有陈抟纪念馆，无极园中设有陈抟博物馆，太极园中有棋苑、易苑，民俗院中有陈抟酿酒作坊等。园外四周紫竹吐翠，修篁抚天，园内小溪流水，碧湖映天，是集会、科研、游览住宿的绝佳之处。

在鹿邑城内东南隅有座白云庵，又名陈抟庵，是明代邑人张氏，为怀念先贤陈抟，把宅院两进二十余间瓦房和百亩池塘舍出改建而成道院。前院有五灵官之像，后院正堂塑有睡仙陈抟卧像及其弟子。院外四周烟波浩渺，荷香四溢，白鹭翔空，翠羽剪水，黄莺穿柳，渔歌互答。置身其中，如入仙境。明清之际，该庵遭八旗破坏。至民国之初，尚有翼室三楹，内有陈抟卧像一尊，四周已成沼泽。日伪侵占鹿邑之后，翼室被拆，陈迹无存。圣洁之地，成为日寇残杀中国人民的刑场。嗣后，游人至此，吊古怀旧，为先贤陈抟，为中华民族的屈辱痛心落泪。20世纪80年代，鹿邑县人民自发成立老子学会和陈抟学会。1993年募集资金，在陈抟庵旧址建陈亭，内置碑，由国防部原部长张爱萍书丹。后在历任县领导的重视下，拨款重建，成为融自然、文化、博古、健身休闲为一体的陈抟公园，占地180000平方米，其中水域56000平方米，硬化面积42000平方米，建筑面积16000平方米，绿化面积占35%。园内主体建筑有陈抟庵、陈亭、棋院、书院、八卦台（陈抟所绘太极图）、桃花岛、游龙塔、健身文化广场等，有幽径、小桥将各景点串联一起。每天早晨，在欢快的音乐声中，身着彩衣的中老年男女在翩翩起舞；练武场上剑光闪闪，拳脚生风；龙舞队彩龙腾空，争强斗胜，目不暇接。每逢传统佳节，游人擦肩接踵在陈抟庵陈抟像前上香、叩拜，以表对先贤的敬仰。

郭磊/摄

1. 陈抟庵　　2. 太极园
3. 睡仙园中的大殿　　4. 园北牌坊
5. 晨曦中的酒作坊外景　　6. 清湖映宝塔

后记（一）

关于睡仙陈抟的神话传说

《宋史》曾载陈抟四岁不会说话，在涡河岸遇仙女哺乳，不但能言还聪慧无比，读百家之书，过目不忘，并能知吉凶祸福，生前已知自己的死期。宋太宗欲伐北汉，他也能知结果。从这些记载可以看出正史对神话传说的误信与盲从！在陈抟故里，河南省鹿邑县有关陈抟的神话传说如阳春三月百花争艳，千姿百态，美不胜收。数以千计的神话传说在全国各地流传开来，这是数百年来劳动人民的天才创作，它集中表现了人们的愿望与理想，表现人们对慈善上德的崇敬和赞美，对丑恶和罪魁的憎恶和痛恨。它的创作是任性自由的，不受历史事实的约束，如天马行空，独往独来。如《宋史》上说陈抟后唐长兴年间中六十岁举士不第，传说中说他在长兴中应召见明宗。六十岁的陈抟本在隐山，传说中说他时居华山，显然传说违背历史。《宋史》记载赵匡胤的父亲赵弘殷是后唐洛阳禁军中的一位将军，赵匡胤出生于军营。在后汉时期他和他父亲同在郭威麾下冲锋陷阵。而传说中说赵匡胤生于贫寒，嗜赌成性，近似流氓混混！在华山，传说陈抟知赵匡胤今后一定能位居九五，就想以弈棋赢赵匡胤，迫使赵匡胤封他"活神仙"，赢华山不纳粮，赵匡胤则以华山为赌注，欺骗陈抟，二人同设骗局。这完全背离了陈抟以诚信为本、助人为乐的高贵品格！并与陈抟四辞朝聘、藐视权贵的史实大相径庭！为保留这一传说中的纯洁，特描写了赵匡胤两次受恩于陈抟，为报恩求问陈抟仙讳的情节。陈抟施恩不图报，闭口不说。赵匡胤为让陈抟说出名姓，才与陈抟以华山为赌注输于陈抟，在写欠条时望陈抟说出名姓。陈抟揭穿之，在场者大笑，盛赞二人的高尚品德。这样才突显出陈抟的道家风范和赵匡胤的帝王风度。另外，传说中说陈抟听赵匡胤陈桥兵变篡位称王，陈抟高兴得奋臂欢呼，从驴身上掉下来！如果如此，便不会有赵氏兄弟二人多次召聘而拒不应召。这些荒诞不经的传说明显是宋廷为赵匡胤的"神权天授"捏造出来的。传说中说陈抟算出宋太宗为立太子发愁，他便自动来京面见太宗推荐赵恒。而《宋史》记载，宋太宗为搜集天下奇书轶文而发召天下，献书有奖，并亲召陈抟进京献书。陈抟进京后，宋太宗顺便问了他对立嗣的看法。

大部分传说作品是劳动人民创作的，这部分作品在歌颂陈抟，赞扬其美德，而宫廷创作的则是歌颂皇权。如上面提到的陈抟为赵匡胤的谋位篡权高兴得神魂颠倒，和陈抟的实际行为大相径庭！按陈抟当时的思想，他希望有圣主降世，他对后唐明宗和后周柴荣的召书，从不打折扣，一见即应召进京，谏言倾心吐肺，反映出他对明主圣君的推崇。而对赵匡胤兄弟二人的召聘却是三番五次不理不睬，这说明他对赵氏兄弟的登基篡位是极度反感的。有传说他不近女色，终身不娶，谈女色变，像一位全真派道士，有人却说他娶妻纳妾达五人之多。从道教的历史来看，道教起源于东汉之末，其教主张道陵主张道徒可以娶妻生子，繁衍后代。他的教主（天师）之位是子孙相传的，此风一直延续至今。至于道教徒禁婚，则出现于元代初年，起因是在北宋之末，道教中出现了几位不肖之徒，愚弄朝廷，说自己能呼风唤雨，撒豆成兵，吹口仙气可退百万雄师！致徽钦二帝被金人掠去，北宋亡国。并有道人荒淫无度，抢掠民间妇女，致道教在社会上失信于民，影响恶劣。一代宗师王重阳，为重振道教，整顿教内歪风，建立起一个道徒不准结婚、清贫自守的全真道派，使道教重新振兴。故笔者认为传说中的陈抟不婚是违背人性与历史的，说他多妻多妾更是对陈抟人格的污蔑与诋毁！传说中说陈抟的父母被契丹人杀害，而按《宋史》记载，契丹人兴旺于后唐,壮大于后晋,是石敬瑭认契丹王为父,割燕云十六州,年赔帛三十万匹,才强盛而起。在唐懿宗时,契丹人还是一个落后弱小的部落,活动范围仅限于今天的内蒙古东部,不可能超越万里来真源行凶作恶。

《陈抟画传》作为传记性作品,笔者站在唯物主义的起点上,避免了神话传说中有悖史实和世理人情的地方,以陈抟的一生为主线,以信史为辅线。故笔者认为:理清唐末、后梁、后唐、后晋、后汉、后周和宋初的历史是写好陈抟传的第一步。因为人的思想形成与环境密切相关,陈抟的一生是在朝代的改换、战乱厮杀及饥民的哀嚎声中度过的。他思想的每次转折与升华,都在历史环境的影响下转向易辙进而升华。陈抟的诗词文赋所表现出的思想,都是当时历史的写照。令后人惋惜的是他的著作大部分已流失无存,600多首诗词仅留下20余首(据情节书中采用14首)。为了突出陈抟的诗词天赋,为了故事情节的完整,本书依照陈抟118年中的史实和陈抟仅存的诗文著作,本着"大事不虚,小事不拘"的创作理念,演绎推理而补写了数十首诗词。书中涉及的主要事件、人物都来源于信史。由于史料记载简略,完全依靠史料很难成篇,必须在不歪曲史实的前提下,根据情节的发展需要虚拟了一些情节,虚构了部分人物,方使书中情节完整，人物形象丰满。如书中提到的长兴中陈抟应试与应召同时，按理推测不应有，宋史也无，为合理保留这两件不太可能同时出现的事件，书中花费三四个章节才使它趋于合理可信。书中大量篇幅描述了当时的战事兵燹，朝代更迭，民生疾苦，并与陈抟的图南理国救民而刻苦自学、痴心著作紧密结合，与他纯真曲折的爱情生活紧密连接，让一位品德高尚、嫉恶如仇、学富五车、才高八斗、心怀天下的陈抟从历史的真实中走来，让读者读后感到陈抟老祖是一位饱富人情味的圣贤智者，方是笔者的终极目的。但由于年迈健忘，视力不济，知识浅陋，错误、不足在所难免。望读者不吝赐教，以求再版时补充完善。

王殿举草成于辛丑正月十三

修改、绘画完成于 2021 年 8 月 10 日

后记（二）

在我完成小说《老子》和"画说老子"丛书及电视剧本《老子》创作之后，自认为江郎才尽，只有封笔专心书画。而老子文化开发园区的王红梅主任多次催促我来写陈抟，后来老学专家董延喜先生，原任家乡党委书记的杨忠然县长，督促我把鹿邑先贤陈抟写好。我深感众情难违，便鼓起勇气，动笔写起陈抟的故事来。写作中老伴不幸三次重病，危在旦夕，令我想起夫妇共同度过的艰苦岁月，流下不少眼泪。这为我写好陈抟的爱情生活提供了丰富且难得的素材。后来结识了刘政和望月泉的总经理徐永超，在他们的大力支持下，写作才得以顺利进展。在成书的过程中，还得到淮阳刘保禄、刘高华及"望月泉"品宣部的几位同道的帮助，他们将我的手稿文字精心输入电脑并认真改误，使本书渐臻完善。大儿王永亮多次修改文稿，并在酷暑中剪裁图片。北京连俊义将军冒盛夏酷暑挥毫为本书题词。值得再次提出的是道学名家董延喜先生，看了初稿，欣然命笔为书作序，可谓文铺锦绣，妙笔生花，喜收画龙点睛之效！《新鹿邑报》编辑唐运华同志，看了初稿之后，在报上分章连载。

从鹿邑县文化馆参军入伍的著名舞台美术设计家、导演、书画家，原总政歌舞团中国剧院毕启亮主任看书稿后寄言吟诗曰：

  沉睡酣睡睡中仙，似睡非睡识梦圆。
  殿堂献智达民意，举杯离尘荣不沾。
  王老凤怀图南志，竹园笛声涡河边。
  鹤发童颜柔肠度，笑对人生慰苍天。

毕启亮于北京海淀博雅轩
2021 年 8 月 18 日

王红梅主任在网上评论：王老师不愧德艺双馨！多年来辛苦笔耕，为而不争，文以载道，丹青水墨，纵情挥毫，画心中的老子，描陈抟老祖足迹，讲鹿邑故事，向世人宣告老子、陈抟是鹿邑的伟大乡贤！鹿邑人以老子为荣耀，以陈抟为骄傲！大美鹿邑，既是老子故里，亦是陈抟故乡。欢迎海内外宾朋畅游老子、陈抟故里，道家帝都，感悟神奇道家文化。

网友"壮志凌云"认真看完书稿,提出很多宝贵建议,使书增色添彩。他在网上评论:喜闻王老《陈抟画传》即将付梓,眼前豁然一亮,心内金光闪闪。耄耋之年的老人,仍自强不息,用生命的火花点燃生活的航灯,像春蚕吐丝般编织着心中的梦想,真使我感动不已,惊喜万分!你胸怀大志,让亘古无偶、独树一帜的二位古圣先贤现身当世,为今人重新树起道德贤达的人生目标。此精品力作,与时俱进,积极配合当今社会传统文化道德教育,具有伟大的历史意义和现实意义。如今接近尾声,真乃可喜可贺!请你老人家接受我步韵致贺:

奋斗精神实可敬,帮忙尽力是常情。
才华横溢千人赞,聪悟绝伦百艺通。
品位无瑕清若玉,画诗有致美如生。
挥毫锦绣繁华聚,集腋成裘写汗青。

网友"元路星君"赵学信评论:耄耋枥骥,脱缰文祺。雄风当年,德艺双馨。高山仰止,慧根真如。

网友陈明臻吟诗:

王公近百志犹坚，文艺界中不老仙。
百画千诗说道德，一冬三夏写陈抟。
呕心沥血家国趣，茹苦含辛故里缘。
字字如金铺锦绣，凛然正气千秋传。

另有张玉柱、罗宇、王文典、路玮、丁德全、王广丰、刘文风、侯俊祥、张建文、张树礼、张子敬、段传涛、孟海军、冯思源、郭子军、阎琨、单州诗词协会会长陈福礼、单县政协原主席孙培超等挚友的热情鼓励与支持。在这里向各位领导和亲友致以深情的谢意。

王殿举

2021年9月8日下午3时

陈抟五世家庭图谱

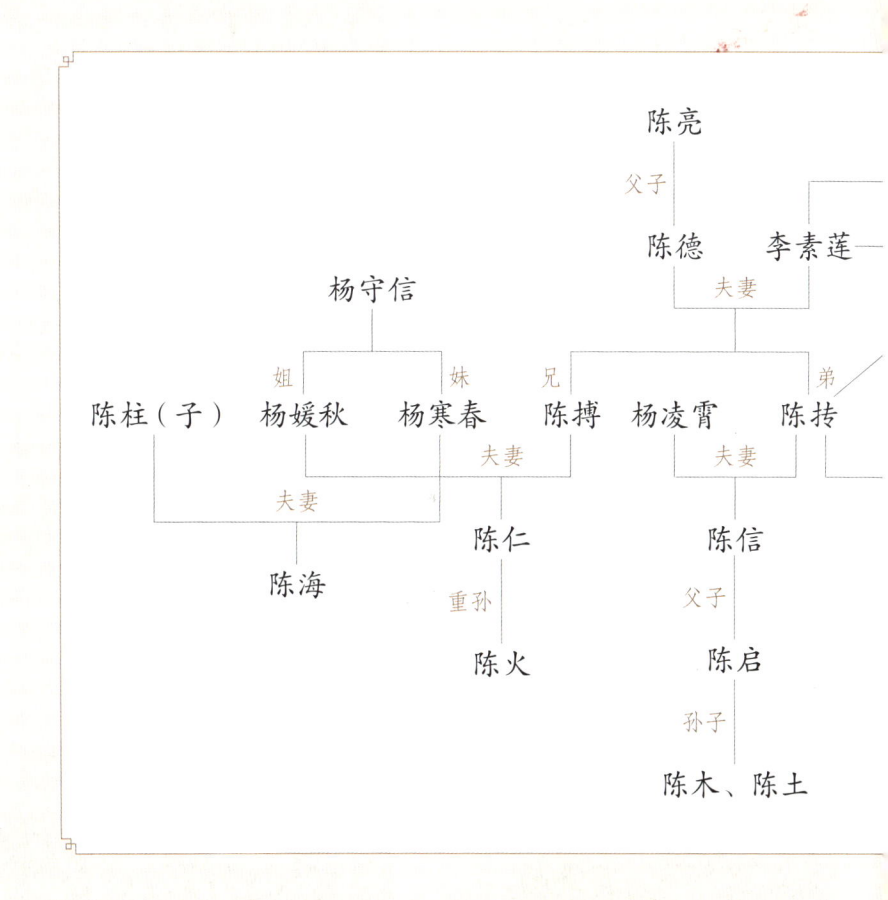

```
                                                      陈亮
                                                       │
                                                      父子
                                                       │
                                              陈德 ─── 李素莲
                                              夫妻
                         杨守信
                          │
                   姐 ──┴── 妹       兄              弟
陈柱(子)   杨媛秋    杨寒春   陈搏 ─── 杨凌霄   陈抟
            │         夫妻              夫妻
            夫妻         │                 │
             │         陈仁              陈信
            陈海        重孙              父子
                       陈火              陈启
                                         孙子
                                        陈木、陈土
```

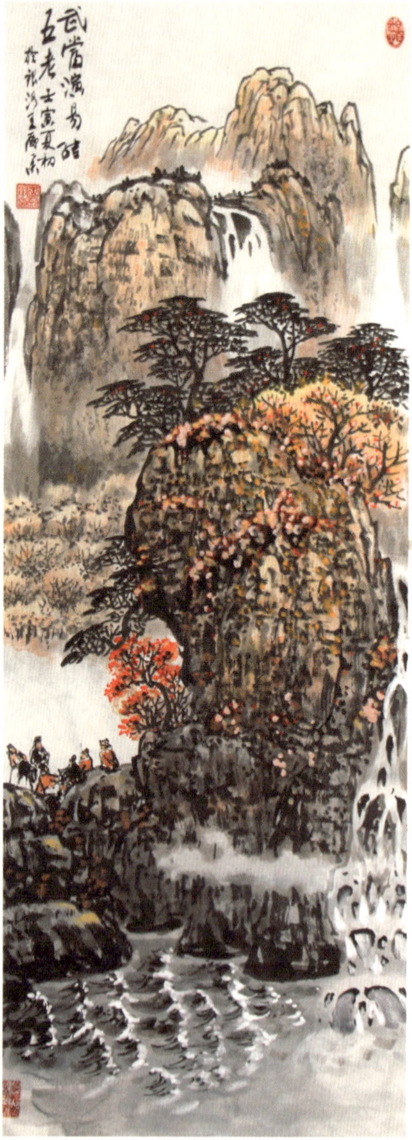

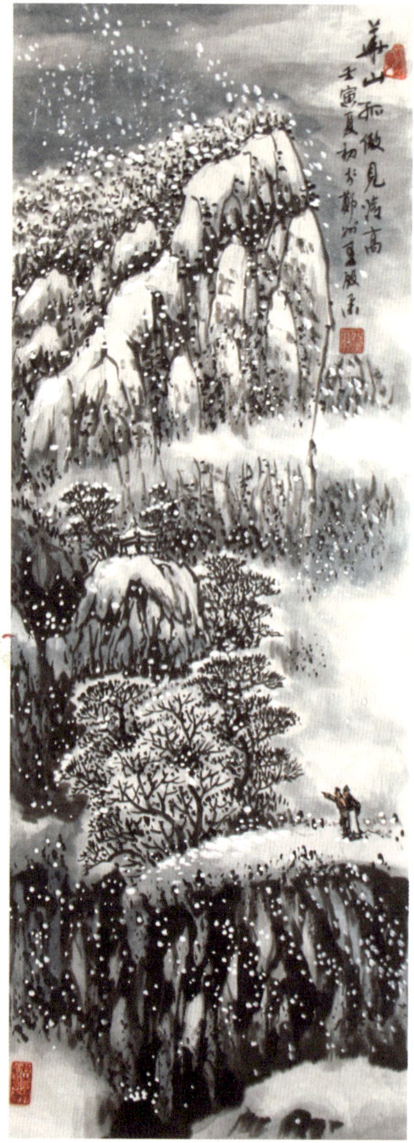

阳春晓看花，盛夏夜听泉。
秋晚赏红叶，冬深见梅葩。
——题四季山水

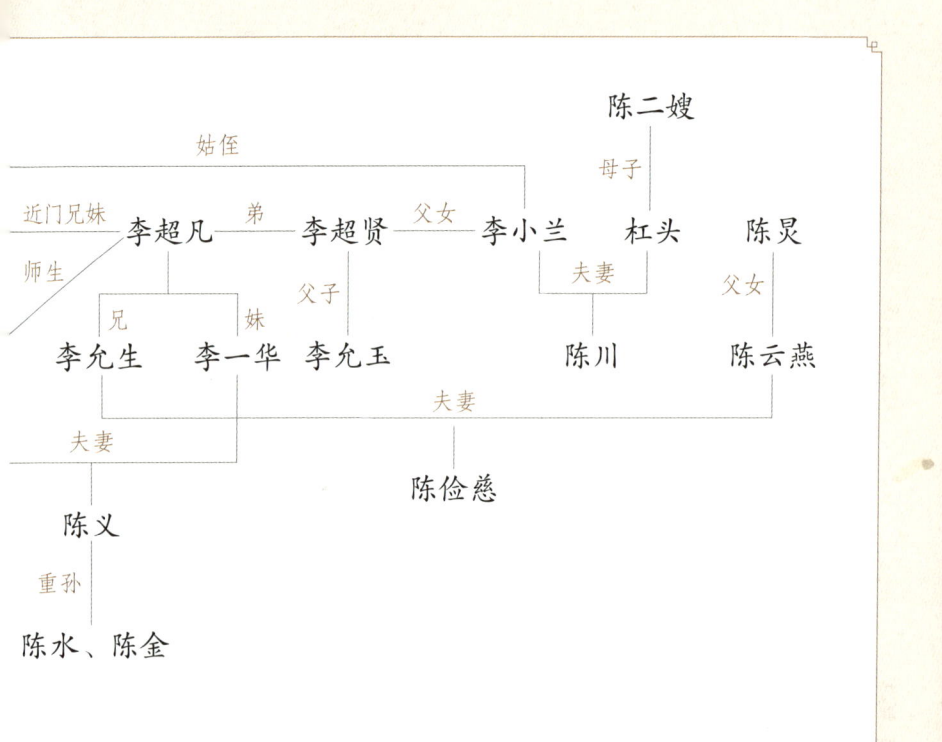

```
                                          陈二嫂
                         姑侄                 │
                                             母子
近门兄妹   李超凡 ──弟── 李超贤 ──父女── 李小兰   杠头      陈炅
师生        │               │                 └─夫妻─┘   │父女
            ├兄────妹┤     父子                          │
          李允生   李一华  李允玉         陈川         陈云燕
            │                      └──夫妻──┘
           夫妻
            │
           陈义
            │
           重孙
            │
         陈水、陈金
```